吉原幸子全詩 I

思潮社

1965年，撮影＝磯俊一

目次

幼年連禱

幼年連禱・三　1959

幼年連禱・四　1961

かなしいおとなのうた　1962〜64

夏の墓

ひとつの夏

むかしの夏

オンディーヌ

Ⅲ　1966〜67

昼顔

装幀　奥定泰之

吉原幸子全詩 I

幼年連禱

1956～1964

けものたち

くらい森

燃える
流れる
揺れる
消える
さうして　わたしは　死んだ
けものたちの　叫びも　叫びも
わたしの　傷　傷
わたしにのこされた　この失語症

髪の影をふんで　けものたち
やさしい夜を
白いはだしを
うたふことさへ　ゆるされはしない
だまった森
木々を縫ふ　闇はわたしだ

具象《かたち》はない
イマージュ
イマージュ
耳のない　けものたち
死んでゆく夜の
ああ大きな赤い月　月

象

象が啼く

密林の梢　ふりかかる　青い空またいで
象よ啼け　れうれうと　墓場への道

この一瞬に綴ぢられた　父の死を　祖父の死を
とほい祖先の　いくつもの死を
身のうちに　ありあり憶ひだしながら
この　かがやく昼に　酔ひながら

日々に　ちらばってゐた　生《いのち》の　かけらかけらを
いまこそ　よびあつめ
うつくしいひとつのものに　まとめあげ　うたひあげ
彼らの〝永遠〟に参加するため
人知らぬ聖なる地へ　走るけもの

　ちっぽけな月よ　舞へ
　灰いろの雪よ　降れ
　空にすぢひき　海にすぢひいて　人よ争へ

密林の梢
鳥たちは　静かに　黒い卵を抱いて坐り

ふりかかる　青い空　またいで
れうれうと　象は啼く

無題《ナンセンス》

風　吹いてゐる
木　立ってゐる
ああ　こんなよる　立ってゐるのね　木
風　吹いてゐる　木　立ってゐる　音がする

よふけの　ひとりの　浴室の
せっけんの泡　かにみたいに吐きだす　にがいあそび
ぬるいお湯

なめくぢ　匍ってゐる
浴室の　ぬれたタイルを
ああ　こんなよる　匍ってゐるのね　なめくぢ

おまへに塩をかけてやる
するとおまへは　ゐなくなるくせに　そこにゐる

　おそろしさとは
　ゐることかしら
　ゐないことかしら

また　春がきて　また　風が　吹いてゐるのに
わたしはなめくぢの塩づけ　わたしはゐない
どこにも　ゐない

わたしはきっと　せっけんの泡に埋もれて　流れてしまったの
ああ　こんなよる

狂

目をつぶると
かわいた　お茶の葉のやうに
のうずゐの　とび散るおとがする

さんさんと
殺さう　片わの　うつくしいへび

馬がさかさまになって　月が出る
子を抱いて　マリアは赤い涙をながす
指をけづって　けづって
赤い字を　書くのです

いっぽんの　白い髪　たくさんの　白い髪
わるくないもん　だって　夢がいけないんだ　紙が

自動車が　海のなかで　ゆっくりと衝突する
指をけづって　えんぴつのやうにとがらして

真赤な字を　何と書かう　マリアさま

闇がくる　波がくる　熱がくる
ナイフがくる　猫がくる　ガラスを破れ！

かはいそ　かはいそ　かはいそ
みんな　だれもかれも

不眠

かちかち、　かちかち、
おまへの、　かぞへて、
おまへに、　あはせて、
とんでく、　じかんが、
おほきな、　うねりに、
ゆれてる、　ひとりの、
かなしい、　さかなの、
ひとりの、　しにたい、

さかなの、　いうれい、
きれいな、　いうれい、
たべちゃへ、　たべちゃへ、
はだしの、　すなはま、
たひらな、　さざなみ、
なんだか、　きらひだ、
かはいそ、　かはいそ、
ないてる、　うみがめ、
なみだと、　かひがら、
かなでて、　ならして、
こんなに、　きいろい、
きいろい、　あらしだ、
かってに、　とぶんだ、
さやさや、　さやさや、
あさひと、　ゆふひと、
ちっちゃな、　とけいと、
いつまで、　かちかち、
かちかち、　かちかち、

野宴

太陽と炭火の　かげろふ
酒が煮えたつ
鳥たちのむくろに　ぎらぎらと
たれが光る

竹やぶから
生きてゐる鳥たちの
するどい　怒りの声が　ひびく

にんげんたちは　いちばんおそろしい猛獣だ
紅白のまん幕のまへ
はでな羽織きた　老芸人が
誰もきいてゐない漫談をしゃべる

青い空を　竹ぐしに刺して
海苔のやうに　平べったく焼かう
さうして　あつい　お酒をのまう

この喧噪と向きあって
ま近い山腹に　ひっそりと掘りかへされた
一枚の畠の
あのしたたる黒さを　　忘れよう　はやく

蠅とりびんに

蠅よ
これがおまへたちの〝死〟だ
この小さなガラスびんが

おまへたちは　匍ひこむことを知り
匍ひ出ることを知らない
引き返さない　決して

たべものの傍まできたとき
不意に　死の匂ひをかぐ

ガラスごしに　今までどほりの
緑の空間　と　おのれとのあひだに
只ならぬ　息苦しい遮断を感ずる

おまへたちは　とびたつ　たべものに口もふれずに
あこがれを　鮮かに　よみがへらせて

だが遅い
外の太陽にむかって　翔び
内の太陽に灼かれて　落ちる
足場は　ない
なめらかなガラスにも　水面にも

仲間の死体をふみあらし
もがき　狂ひ　疲れはて
おまへたちは　沈む
たった三センチの　深い深い淵の底へ

愛

海　その底に　藻をぬって　白い魚がゆれてる
森　その底を　土ふんで　黒いけものがさまよふ

魚たち
けものたち
なんてなつかしいところにゐるのだらう
空気も水も　さわやかでおいしいのだ　この世は

わたしは　森
わたしは　海
わたしは　世界にみちる青い霧
わたしは　わたしの青い墓
わたしは　みんなの青い墓
みんなをつつんで　そしてもうだれも死なない

仔犬の墓

地のなかに　仔犬はまるくなって　お菓子の紙袋を前あしに抱いて
　眠ってゐる

おまへがぴょんぴょんとびはねてゐるとき　にんげんたちは知らん
顔して　とびつかれまいとわざと横むいたふりなんかしてゐたのに
　さうやって　おまへがもうたべられなくなると　袋ごとお菓子を
抱かせて　土をかけながら　泣いてやるのです

ゆるしておくれ　わたしたちの身がってを　おまへがあんなにとび
はねるので　安心してゐたのよ　それににんげんは　ことば　あの
むだなもののためにいそがしかった　おまへの病気を　さびしい脱
け毛を　知らなかった

しっぽといっしょにお尻までふってたおまへ　なげたビスケットを

どうしてもうけとめられなかった　おふるの首わがゆるゆるだった
おまへ　捨て犬でなくなってからたったひと月　あんなに　いのち
をよろこんでゐた　はづかしいほどなめてくれた　みつめてくれた
　おまへ　茶いろのやせっぽち

血

たたきつぶす
小さな虫を
大きすぎる力で
すると　小さな血のしみになる

ほらみろ　ひとの血を吸ってる
いいきみだ　つぶれて

でもだれの血
わたしではない　覚えがない
それならだれの血

ここにはわたししかゐないのに

突然
おそろしい考へが　わたしをよぎる
この虫の　この虫自身の血が
このやうに赤いのではなかったか

こんなに　とびちってゐるわたしを
かきあつめられない
わたしによってつぶれた
赤い血をした小さな虫
そして　この虫こそが
わたしだった　と

幼年連禱・一

Ⅰ花

幼い春の
わらふ　日ざしの
桜の花の　花かざり

しなやかな陸《をか》の貝がら
吹きはがされた空のうろこ
花びらは
透きとほった血をにじませて　ひとひらひとひら　死んでゆき

傷口をつなぐ　白いもめんいと

そのやうに
絶えず枯れてゆく　時と時とを
貫き　つなぐ
ひとすぢの閃光
思惟の　あらゆる頁を縫ひすすむ
ただ一台の
蒼ざめた機関車

さんさしおん！

花わをつくって　あそぼうよ　なみだたち
ああ　死んだ　わたしの時たち

だがこの桜に　夕ぐれはいま溺れようとし
白いもめんいとの　かすかにけぶるささくれ

Ⅱ 人さらひ

わたしの前に立ってゐた
若ものの　蛇の眼と　蛇のわらひ
足もとに
虫かごは　ゆがんで　横たはり
囚はれたまま　蟬は　いつ止むとなく羽ばたいてゐた

森のなかの
空は　青かった
青かった　ドクダミの匂ひのやうに
蟬たちの声は遠ざかり　啞の
孤独な一匹の　羽ばたきだけが永劫にのこり
ま夏の　まぶしい　虚しさに
あのとき　わたしの奥ふかく
六才の感覚は
はじめて傷つき
ひそかな血を　流してゐた　流してゐた……

突然　若ものは逃げる
さはられないのに　犯された
（森の入口　光る自転車にむかって
（走って行った　　後姿の鳥打帽子）
蟬たちの叫びは　戻ってきたのに
わたしは　大きな虫かごのなかの　啞だった

Ⅲ 罪

えんにちの
見世物小屋の
鼻のつまったアナウンス。

えんま寺の境内　いてふの根もと
長い吹矢は　色とりどり
禁断のわたあめも　買ってしまったし。

――おびやきものが　ひとりでに脱げて

やがて　がいこつだけになります
さあいらっしゃい　いらっしゃい――

黒地に青く
とかげだったか　女だったか
骨ばった　ぬれたからだの　絵かんばん。

知らない　おとなや　こどもたちに混って
ひとりっきりの　胸をどるばうけん

舞台は埃っぽく　くらかった
唇にのこったわたあめのざらめを
ぽつんとかみ砕く　さびしい期待
いつまでまっても　がいこつは出なかった。

……そんなみせものがあるんだって　と
看板だけみたふりをして
さもけいべつした　幼い日記
すでに偽善を知った　その夜《よる》。

Ⅳ 夢遊病

椽さきに　線香花火の風が沈むと
いつか　わたしは　街にゐた

眠ってゐた
夢のない眠りだった
ふりだした小雨が　わたしをさました

電車みちを横切って一丁
魔のやうにタクシーが吹き過ぎる
暗い　大通り

見まはすと
わたしはどこにもゐなかった
わたしはまったただなかにゐた
こはかった

帰りみち

犬やのウインドウに　わらの匂ひ
蛇やのウインドウに　アルコールの匂ひ

支那料理やのウインドウに　西瓜は赤かった
支那料理やに西瓜があるものだらうか
でも
支那料理やのウインドウに　西瓜は赤かった

V 萠芽

図画の宿題にグロテスクなあくまをかいた子。　唇をゆがめて話すオカッパの女の子。

街なかの神社の小さなさくらんぼを　ふたりはむらさきに染まってたべた。

桜の木のまたにはさまってもがいてみせて　たすけてーえ、とその子が叫ぶ。

わたしはだまってわらってゐた。　ふたりの胸にしろいハンカチ、一ネン二クミ。

その子はおりて来てわたしをにらんだ。　――あんたが　あたしをあいしてるかどうか、ためしたの――

ああ、ねこ、きつね、小さなあくまのいそっぷ。　おとなのさくらんぼのくらい甘いにほひ。

はじめての愛のひみつにをののきながら　わたしはむらさきの唇をみつめた。

Ⅵ 赤い夜店

にぎった掌のあたたかみに
しんくうの水は　すぐにえかへり
ガラスの壁に身をうちつけて
ちんちろと　小人のダンス

——赤い音　ガラスの小人の赤い音

店さきの裸電気に
ぢぢむさい顔したねこの仔二ひき
額ぶちのなかでじゃれかかる
鮮かな　果実の色どり

——赤い味　描かれたリンゴの赤い味

たらひのプール　底にゆらぐ木目

ブリキのスクリュー　よぢられる生ゴムの汗
ボートに乗ってるのは薄べったい人かげ
横がほしかない　ペンキ塗りの半身

　　——赤い匂ひ　濡れたペンキの赤い匂ひ

鋭い目つきのボート乗りを　正面からみる怖しさ
目がない　耳もない　切り口がわらふ

二ひきの仔猫へ　故しらぬ怒り
小人のダンスへ　故しらぬ祈り

Ⅶ こひびとよ

こひびとよ　そんなにもありありと
むかしの話をしてくださいますな

　　わたしも　夕ぐれの橋がこはかった

　　のめり出すビルがこはかった
　　トラホームの絵がこはかった

その頃　やせた手足
ほこりくさい髪の毛をして
道路にうつむき　いっしんにローセキをとがらせてゐた

それがわたしだったのか　あなただったのか
もう　わからなくなってしまった

かうもりはとび　夕焼けは終り
ローセキは三つ　ポケットのなかでコトコトと鳴り
その子は唄って家へかへり
さまざまな夢を　ねたのでした

わたしたちが　知らなかったその頃を　語りあふと
あの時　草むらにメダルを落したのもその子だったし
あの時　ぶちの蛙を殺したのもその子だったし

わたしたちは　一人しかゐなかったのでした――

Ⅷ 挽歌

旗ひとりはためく　午さがりの遊園地
とまってゐる　ジェット・コースター
とまってゐる　都会の狂躁

鉄骨　自動式　歯車　動かぬときの　いたいたしい醜悪
文明の氷が　うすい日ざしより執念く
くねった線路のねぢくぎにまで入りこむときの
虚しさを

いつかひとは　また見つけにきてくれるだらう
いつかみんな　また声たてて笑ふことができるだらう

ああ　ぎいぎいときしるのだった　回転木馬
ふるいあそび

この午に
機械は　おとなたちを見捨て
おとなたちは　おまへを見捨て
死んだおもちゃよ　わたしはお前たち。

幼年連禱・二

Ⅰ 喪失

——小ちゃくなりたいよう!
——小ちゃくなりたいよう!

誰がそれを罰してくれたらう
うすら笑ひに　もう手おくれ
失ったまま　知らなくなって　長いときがたって
わらはないでいいひとが　わらふのだった
死なないでいいけものが　死ぬのだった

さうして　　わたしはもう泣けなくなってしまった――

ひどく光る太陽を　或る日みた
煙突の立ちならぶ風景を　或る日みた
失ったものは　何だったらう
失ったかはりに　何があったらう
せめてもうひとつの涙をふくとき
よみがへる　それらはあるだらうか
もっとにがい　もっと重たい　もっと濁った涙をふくとき

わたしの日々は　鳴ってゐた
　――大きくなりたいよう
　――大きくなりたいよう
いま　それは鳴ってる
　――小ちゃくなりたいよう！

空いろのビー玉ひとつ　なくなってかなしかった
あのころの涙　もう泣けなくなってしまった
もう　泣けなくなってしまった

そのことがかなしくて　　いまは泣いてる

Ⅱ 病院

かんごふさんは　色がみで金魚を折ってくれた
紙の金魚ばちのなかに　糸でぶらさがる
平たい　赤いさかなの　揺曳

まるで　宇宙《そら》からぶら下って
じぶんも　赤い紙細工だとおもへた
ひれをふるって　ふるって　もどかしい泳ぎ

横たはり　まなこ閉ぢ　きしむベッドに
仰げば　花々は流れるのだった
ああ　風と光りとが　闘ってゐる宇宙《そら》
行きたい　遠くへ　さわやかな遠くへ

ひろいひろい花のにほひ

ひろいひろい陽のあたたかみ
（そこにもほたほたと　あのスリッパはくるだらうか）

つかまへないで　揺れないでよ　金魚

さざ波を
ひるの星のなかへ　落ちてゆくわたし
遠のいてゆくわたし

小さな囚人

Ⅲ　絵本

――さばくがある　どこかに

白いかもしかの傷口から　首をもたげて
さびしい獅子は　吼える

何もいらなくなってしまった
この白い　赤い味

かもしか　またたかぬ　おまへの　この瞳《め》を
いくたびか　みたいと思った

ゆるしておくれ
ゆるしておくれ

さばくに　赤がしたたる　吸ひこまれる
風が吹く

空はどうして　あんなに光るのだらう
風はどうして　あんなに光るのだらう

何もいらなくなってしまった
さびしい獅子の　愛がある

——さばくがある　どこかに

Ⅳ 植木市

鉢にはふ　よぼよぼの松
売ってゐた　老人
うすくしなふ　棚いた

しげった　若い青木
売ってゐた　若もの
はりきった　呼びごゑ

青木が匂ふ　その実が
青く匂ふ
つるつるの葉に　うっすらとかぶる街のほこり

車道にはみだすござの　しめった裂け目
竹ざをに巣かけたコード
目にささる　素どほしでんきのフィラメント

鼻緒が切れた
切れた鼻緒をぶらさげて　はだしで歩いた
蛇やのまへの　敷石に
置き去られた　西日のぬくもり――

青木の実　かぐとき
あしのうらが　憶ひ出す

なまあたたかい　舗道の感触
若ものの腹巻きと　糸切り歯のサンプラ

Ｖもらった記憶

姉の背のかすかな汗ばみ　心地よく　そよ風もあり
せっかく　物思はず　まどろんでゐたのに
こもり歌はかなしかった　でんでんたいこにせうの笛
口もきけぬ小さな生きもの　とほい夕べの　ああわたしだった
ただおよおよと　およおよと　泣いてやった

歯ぐきのむづかゆさに　想ひこめ　乳を吸った
母のまろい膝　まろい胸　甘いにほひ
顔うづめ　すがりつき　へたくそな切ない愛を
歯もはえぬ小さな生きもの　とほいまひるの　ああわたしだった
ただ力かぎり　くひしばり　咬んでやった

Ⅵ　とんぼ

めんどりやせた　日ざかり
汗かく板べいのコールタ塗りの　片かげ
こどもは　もちの匂ひを吸ふ

匂ひは入りこみ　のどをくすぐり
腕のつけねの　やはらかなあたり
いがらっぽい　にぶい苛立ちをさそふ

ほろにがく唾とまじはる
もちは薄茶いろの　殺意の味はひ
指にねばり　糸ひき
築かれる　ほそい渦巻きの凶器

天にすむ　わるい神さまの　鼓動か
さをの尖からつたはってくる
つよい　生々しい　快いふるへ

せきはのどにゐて
めの昏み
ひとはぶらんこにゐて
枝のあひだをこえてくる　ほほゑみ

片足をかわいたどぶに　うづくまり
日ざかりのめんどりのこゑ
ただ透る　とんぼの碧い瞳《め》
祈りにも似て　こどもは憎む

Ⅶ 怠け者のうた

ことばよ　さやうなら
すうじよ　さやうなら
（善意よ　希みよ　けなげな努力よ）
愛するみなさん　さやうなら

わたしはうしろを向いてゐたい
みつめるものが　どこにあらう
たしかな対話が　どこにあらう

何もしないでゐることの　ふしぎな昂奮

釣糸にうきなどつけて　魚をつるでもなく
宿題帖に色えんぴつでいたづらがきをしてみたり
蚊ばしらのほそいうなりを　まねてみたり

ああ　空はわたしの　青いかなしみだったので

みんなが前を向いて　しゃしんとられるとき
鬼っ子のわたしは　うしろを向いてゐたい
いはれない　熱いなみだをながし　この片すみ
けだるくぬれて　とけてしまひたい

さやうなら　なにもかも

それでも　あるならば
せめて　うつくしい　手ざはりのみよあれ
魚《うを》に似て　わたしは盲ひたい

Ⅷ　虐殺

息ひそめ　胸うづかせる　幼い恵ひ
日ごと　おごそかに
子どもらは　かがみこんだ　午后《ひる》のなかに
かみしめたその下くちびるの　うす透る皮膚に似て

ほそく裂け　ひびわれ
ちぎれてはまだうごき
はらわたを水にひたした　みみずの白い死

まるめてもすぐ足をだすダンゴムシは
はりつけの黒い死
背につきとほる　ピンのかすかな手ごたへ

黄いろい麦わらをひきずって
とびながら　とんぼは　なくなったじぶんの胴体をさがし

青虫　ふみにじられ　草の血か　土を染める緑《あを》い死
宴の終り
赤い血は空に流れて　凶々しい夕やけ

夏草　しげりはじめた　廃《ふる》いテニスコート
肺病の少女が　暗い窓の向ふにゐる
少女は　ぢっと　日々のまつりをみてゐる

Ⅸ 熱

夕やみ
半透明の　巨大ななめくぢ
庭のすみから　匍ひよってくる

おしつぶされる
なめくぢの重み

けむりいろした
いのちの重み

わきのしたに　突きささる
水銀柱の　つめたい痛み

けふはなんだかつかれちゃったのに
かなしむのは　もう　いやだなあ

ヒマシ油の池に　青みどろ
ヒマのとげとげに　赤い月

おぼれる
おぼれる
いのちがかなしい

ああ　匂ふ
めすのいてふに　高く
わたしのつくった風信機はまはってゐる

X 夢

わたしの墓の上をすぎるとき
わたしの幽霊は
急に　空に溺れて　とびにくくなるのだった
息苦しく吸ひよせられる　墓石のほとり

咲いてゐた　青い火
燃えてゐた　青い花
（燃えてゐた　空港の雨のなかでも
あのよるの青いランプ　燐のほね）

わたしの幽霊は　およぐ
空をけって　のがれる
墓が　それを見る

いつも　大地のおそろしい眼
思へば　空をとぶ夢は
何かしらかほ赫らまる
おさない　下半身の意識であったか

（ひとよ　空とぶよるに別れて）
わたしの墓に咲いた鬼火の　花びらの
青い誘惑《まどはし》を
いま　わたしは知る
Le feu《ル・フウ》, le feu sensuel《ル・フウ・サンシユエル》……

XI 生きものの夏

こがれた　夏の
年ごとに　陽ざしはうすれ
浜ぞひのほこり道の　みちのりは近く
白い荘《いへ》の
夏ごとに　庭は狭まり
のぼった　赤いさるすべりと　きしる井戸と
それでも　海は広かった　いつも

かにもゐた　ひとでもゐた
光る魚もゐた

磯ちかい　漁師のうちの　よごれたあひる
裏山の　百姓のうちの　よごれたぶた
ぶたはするくゎの皮をたべるので何だかかはいさうだった
魚のあたまを埋めてゐた　銀バエ

色素のまま　海は蒸発して空になる

真昼を眺める部屋に　人たちはゐた
薄にごる塩水を　びぢびぢと吐いては泣いた貝
人たちは　貝の涙をおかずにたべた

空よりも早く　海は暮れる

あたらしい蚊帳の
夜ごとに　にほひはうすれ
それでも　潮風は吹きこんだ　いつも
むかではくぐってきて
人たちの耳を　たべるのだった――

XII 憧れ

すきとほったものがほしい

すきとほったものが　好き

いろんないろのセロファンで包んだ
きれいな　つま揚枝があった
それから
てのひらにくねる
いつまでも裏返ってくねる　赤や青のオブラートの魚
ゼリーのお菓子
ビー玉
うす緑いろの　おはじき
ガラスは泡ごと固まってゐて
のらくろのかほのついた　黒い石けり石

それから
花のつゆをしぼって　いろ水やさんごっこ
手もそまる
憶ひもそまる
それから
霧のよるのネオンサイン
それから

すきとほったものが好きだった
あの
すきとほったものたちがほしい
いろんないろの

XIII 信号機　――匂ひの鎖

――ピンノ　さよなら
――オコ　さよなら

こどもは水いろのうはっぱりに苦心して服のかぎざきをかくしながら　幼稚園からかへってくる　運動ぐつのなかのすこしむれた素足　風と　原っぱと　クレオンの匂ひとの小さな世界
　空っぽのおべんと箱のカチャカチャとなる軽いこころ　黄いろいいり卵と茶いろいでんぶの染め分けがきれいだった　ふたに注いだお湯のなかを　海苔のきれはしがゆれながら泳ぐとき　なつかしい夏の　磯の香りも吸った

台所に母はせきの薬を煎じてゐる　かぎざきはすぐにみつかって
しまふ　おこりかけの炭火は朝霧の林にゐる匂ひ　薬に入れる氷ざたうをこどもは買ひに行く

　それから遊びに行く　ビンノの家へ　つみ木を高くつみ競べる
どうしてもビンノが勝つのでオコはくやしがってビンノの塔をこはしてしまふ　大きなアトリエ　ねんどの匂ひだと思ってゐた　でもビンノはあぶらつちの匂ひだと云った　ねんどは匂はないのだと
　こどもはふと父の帽子を思ひだしてかほをあからめる　内べりの光る布にしみたかすかな香料と　けものくさい愛着　すっぽりと頰までつっこんで仔犬のやうに嗅いだのだ　さうするのが好きだった
――あ　けふは木えうびね　ビンノ？
――うん　オコ
――ぢゃ　いっしょにいってビンノ！
　こどもにはわからないおとなの理由があって　そのころ　その父は　その母と子のささやかな暮しに　毎日はなかま入りしないのであった
　でもその日　ふたりはいそいそと駅へ行く　でむかへといふ思ひつき　誰にも教はらない新しいちゑ　こどもは父のほほゑみを　母

のやさしい驚きを想ふ　（まちがへてゐた　おとなのこよみに　秋は春でなく　水曜は木曜でなかったのに）

――オコ　ほらまたでんしゃがきたよ

　郊外のさびれた駅に人が降りる　また次の電車も　また次の電車も来て　知らない人ばかりが降りる

　夕ぞらを背に　信号機はなん度も腕を上げ下げして　そのたびにシルエットの濃さを増すのだった　家々で魚を焼く匂ひがかすかに空気にまじりこむ　ほの青いけむり　やがてそれも消える　だれかホームで吸ってゐるたばこの火が　ずゐぶん赤くみえてくる　日は暮れ終る

――オコ　さむくなってきたね……

　母にだまって出てきてしまった　こどもはもう父といっしょでなければ帰れないとおもふ　きっとさがしてゐるもの　心配してゐるもの　（でもだれの罪か　木曜はどうして水曜になることができたらうか）

――ビンノ　さきにもうおかへり

柵にしがみついて足先でほった土から　くたくたとでてきた地ぐもの袋　かわいた土の匂ひ　つるつる石の匂ひ　木の根の匂ひ
――オコ　かへらうよ　いっしょに！
地ぐもをふみつぶすと　こどもはだまったまま蒼ざめて歩きだす
お菓子やの店先に色どりがあふれてゐる　ビスケットの動物たちがこっちを見てゐる　お菓子が匂ふ　夜のなかに　えびせんべいやマコロンが匂ふ　かなしみながらちゃんと空腹をかんじたふたり
それで夜の匂ひをたべながら歩いたふたり
――さよなら　オコ
――さよなら　ビンノ　ありがと
――あのねえオコ　　もしかすると　けふ　木えうびぢゃなかったかもしんないね……

家のまへに母が立ってゐる　こどもは突然泣いた
――けふがね……だけど木えうびぢゃないんだって……
　母は叱らなかった　ゆふげが　黄いろい電灯に小皿やびんをきらめかせ　小さなおはちの木の香にしみて　ふたりだけのゆふげが待ってゐた

幼年連禱・三

I　喪失ではなく

大きくなって
小さかったことのいみを知ったとき
わたしは〝えうねん〟を
ふたたび　もった
こんどこそ　ほんたうに
はじめて　もった

誰でも　いちど　小さいのだった

わたしも　いちど　小さいのだった
電車の窓から　きょろきょろ見たのだ
けしきは　新しかったのだ　いちど

それがどんなに　まばゆいことだったか
大きくなったからこそ　わたしにわかる

だいじがることさへ　要らなかった
子供であるのは　ぜいたくな　哀しさなのに
そのなかにゐて　知らなかった
雪をにぎって　とけないものと思ひこんでゐた
いちどのかなしさを
いま　こんなにも　だいじにおもふとき
わたしは〝えうねん〟を　はじめて生きる

もういちど　電車の窓わくにしがみついて
青いけしきのみづみづしさに　胸いっぱいになって
わたしは　ほんたうの
少しかなしい　子供になれた――

Ⅱ 朝

ワラウンダカラ
チョット　コノボウシ　トッテチョウダイヨ……

ああ　いっぱいに　陽のさしてゐた
風のみちてゐた　春の校庭

生徒さんみんな　たいさうしてる
爽やかな朝　きらきらと　きらきらと――

小さなスコップと　こはれた赤いバケツ
足の裏にくづれる　砂場の砂の　かすかなしめり

ひご細工の　えんどう豆や
きびがら細工の　白い切り口も　散らばって

いっぱいに陽のさしてゐた　校庭の黒い土

はやくガッコウに　あがりたいわねえ……

Ⅲ 道路

歯いしゃさんのかいだんの大谷石で
膝　すりむいた
お祭りのころは
しゃうじん揚げ屋の　細い露路のかどへ
小さな屋台が　てけてん　てけてん
ソースパンだとか　ベッコウあめ
うすいロー紙《がみ》みたいな　おもちだとか
たいこたたいて　売りにきたのだった

ベッコウあめには　目玉があって
なめてると
そこに　最初に　穴があく
おしまひには　甘いおつゆのしみこんだ
べとべとする　わりばしだけになってしまふ

鼻のあたまや
エプロンについた　べとべとは
街の砂ほこりが　しぜんと覆って
さらさらと　茶いろくなって

そんなにして　日暮れに近づきながら
子どもは　だんだんに　汚れて行く

Ⅳ　おとぎ話

兎はいい方、タヌキはわるい方
タヌキはおばあさんを　たべたから。

親切ごかしに　辛子をぬったり
どろ舟にのせて　だまし討ち
だまして、わらって、
兎は言った

〈お前のふねは　どろの舟!〉
でも　兎はいい方、タヌキはわるい方
タヌキは　おばあさんを　たべたから。

おばあさんをたべて、
タヌキは言った
〈ながしの下の　骨をみろ!〉

何といふおそろしさだったらう
硫黄のやうに煮え立った　たぬき汁の匂ひまでが
わたしには　かげた
くちかけた流しの　しめった木の色までが
わたしには　見えた
重くるしい夜
罪を犯したタヌキのやうに　わたしはおびえた

花が咲いたり　魚がをどったりのなかに
ひとつだけ　青いうそつきの顔が立って

〈ながしの下の　骨をみろ！〉
〈お前のふねは　どろの舟！〉

Ⅴじゃんけん

誰がドロボウ
誰が　おまはりさん
じゃんけんで決める　おとなはべつのもので決める

いつも　ドロボウになりたかった
〝懐中電灯〟をもちたかった

ただの　こはれた　黒いソケット
あんなにも　夢中だった　とくいだった

スイッチをひねると
かけたベークライトのなかに
プチッと　小気味よく共鳴する

かわいた　バネの音

おまはりさんにつかまるとき
小さなドロボウは〝懐中電灯〟をかかへて
暗い押入れを　ころげまはった

あんなにも　ほしがられたものが
あれからのわたしに　あったらうか　いくつ

ドロボウでなくなった
おまはりさんでなくなった
じゃんけんでない何かが　それを決めた

Ⅵ　かくれんぼ

にしき木の枝のかみそり
ゆれる　ゆれる
鬼がくる

空いろと黄いろのビーズのうでわが
糸のまはりで　みしりと折れる
鬼がくる　鬼がくる

しのびこんだ空き家の
天井の　木目がこはい
むれたタタミの匂ひ
半開きの押入れから　のら猫がでてくる

鬼がきた　鬼がきた
みつかる瞬間《とき》の惧れに　はりつめて
じぶんから叫びだしたい大声を　かみつぶす

それから　鬼は　行ってしまふ
見つからなかったこどもも　家へ帰る
赤い空に
片足の運動ぐつを　投げあげながら——
どこかで　母のよびごゑがする

原っぱに
くつといっしょに　かうもりと　夕やみと
駄菓子のやうに甘ずっぱい　淡い孤独が
落ちかかる

Ⅶ 呪ひ

西日のあたる　裏の小窓に　あぶがゐて
石ころ道を　小さな兄妹が
調子はづれのうたをうたひながら　通りすぎる

刈りとられた夏草の　くさってゆく匂ひ

もけいひかうきは　隣りのへいに入ってしまった
むし暑い　金いろの　おそい午后

さうして
昼火事の
遠い　けだるい　サイレンと　半鐘と――

ちゃんとみえるんだ　こどもにだって
ちゃんときこえるし　感じてゐるんだ

わるくないのに　叱るなら
おとなたちなんて　殺してやる！

Ⅷ 吊し柿

親をはなれた　こどもたちが
知らない雪のなかで　着ぶくれて
朝まだきの神社の掃除

夜は　汽笛の遠ぼえをきいた

　何人かが　ジフテリヤにかかって
　　親にあはないまま　死んだ

白線の帽子に　ホウバ
腰てぬぐひ
若い笑顔の〝お兄さん〟たちが
疎開っ子の　友だち
いましか知らない　こどもたちに
きのふのはなし
あすのはなし
いまよりも大きなはなしを
してくれた

赤かった柿が　のき下にかじかんで　粉をふいて
或る日　海と空とへ行ったきり
若い笑顔たちは　帰ってこなかった

いまが　忘れたいきのふになっても

待たなかったあすが　けふになっても

Ⅸ 空襲

人が死ぬのに
空は　あんなに美しくてもよかったのだらうか

燃えてゐた　雲までが　炎あげて
あんな大きな夕焼け　みたことはなかった

穴から匍ひだすと
耳もとを　斜めにうなった　夜の破片
のしかかり　八枚のガラス戸いっぱい
色と色との　あらそふ
反射の　ぜいたくな　幻燈《スクリーン》

赤は　黒い空から
昼の青を曝き出さうと　いどみ

紫　うまれ　緑　はしり　橙　ながれ
あらゆる色たち　ひめいをあげて入り乱れ

どこからか　さんさんと降りそそぐ　金いろの雨
浴びてゐるのは
南の街ぞらか
ガラスのなかのふしぎな世界か
立ちつくす小さなネロを　かこみ　渦巻く
音もない　暗い熱気だったか――

戦ひは
あんなに美しくてもよかったのだらうか

X　疎開の秋

うすいわらぢに　石ころや枯枝をふみながら
裏山で木の実をひろった　遠い秋

河も澄んでゐた　遠い秋
桑畑のなかを　帰ってくると
壁も光ってゐた　遠い秋

お芋の　白い切り口を
たくさんならべて干した屋根　その下に
うどんを茹でてる　うすい煙

母と　わたしと　幼い二人と
うどんをたべてた　遠い秋

うすい煙よ　消えないでおくれ
いつまでも　あのときの　ぬれ椽に
背なかまるめて日向ぼっこしてておくれ
なつかしい人のかげ

いつまでも
わたしが　幻の桑畑を
帰ってゆくたび

XI 初恋

ふたりきりの教室に　遠いチンドン屋
黒板によりかかって　窓をみてゐた

女の子と　もうひとりの女の子
おなじ夢への　さびしい共犯

ひとりはいま　ちがふ夢の　窓をみてゐる
ひとりは　もうひとりのうしろ姿をみてゐる

ほほゑみだけは　ゆるせなかった
おとなになるなんて　つまらないこと

ひとりが　いたづらっ子に　キスを盗まれた
いたづらっ子は　そっぽをむいてわらった

いたづらっ子は　それから　いぢめっ子になった

けふは歯をむいて　「キミ　ヤセタナ」　といった

それでひとりは　黒板に書く
オコラナイノデスカ　ナクダケデスカ

ひとりはだまって　ほほゑみながら
二つの「カ」の字を　消してみせた

うすい昼に　チンドン屋のへたくそラッパ　急に高まる

幼年連禱・四

Ⅰ　あたらしいいのちに

おまへにあげよう
ゆるしておくれ　こんなに痛いいのちを
それでも　おまへにあげたい
いのちの　すばらしい痛さを

あげられるのは　それだけ
痛がれる　といふことだけ
でもゆるしておくれ

それを　だいじにしておくれ
耐へておくれ
貧しいわたしが
この富に　耐へたやうに——

はじめに　来るのだよ
痛くない　光りかがやくひとときも
でも　知ってから
そのひとときをふりかへる　二重の痛みこそ
ほんたうの　いのちの　あかしなのだよ

ぎざぎざになればなるほど
おまへは　生きてゐるのだよ
わたしは耐へよう　おまへの痛さを　うむため
おまへも耐へておくれ　わたしの痛さに　免じて

Ⅱ
Jに

空を仰ぎ
声あげて
おまへは　わらふ
ほんとの　わらひを

おまへのひとみに
世界は　みどり色
おまへの頰は
春のいろ

もろ手を陽にさしのべ
おまへは　羽ばたく
あふれる　いのちを
おまへは　羽ばたく

Ⅲ　Jに

おまへの瞳に
いつも　うつってる
光る空

黒い海のなかの　灯《ともしび》のやうに
黒いガラスのなかの　泡のやうに
小さく　ぽつんと　光る空

おまへはいつも　光る空をみてゐる
木蔭からも
椽先からも
くもり日の　暗い部屋の中からも

光る空が

世界のなかの　おまへのやうに
おまへのひとみに
ぽつんと　いつも　灯《とも》ってる

Ⅳ　Jに

にぎりこぶしを
おまへは　みつめる

まるで　ふしぎな貝がらでも
みつけたやうに
ためつ　すがめつ
いろいろと　ねじってみて
口を尖らせて
いっしんに　いっしんに　みつめる

まるで　何か　とてもだいじなものを
空気の中の　きよらかなものを
その貝がらに　とぢこめたとでも
いふやうに
指先の　白くなるまで　にぎりしめて
いっしんに　みつめる　みつめる

ＶＪに

おちちなんていふ
かんたんなものをのみながら
おまへはそれをちゃんと分離する
液体と　固体と　気体とに
おまへのちひさなからだのなかで

おまへがねむってゐる間
おまへのちひさな腸《ハラワタ》がうごいて
おまへのちひさなハラワタのなかを
おちちが　一生けん命　とほって行く
それを考へると　ほほゑんでしまふ

さうして　おまへは
目をさますと
とても威勢よく　うなりながら
まず　分離された気体を
母にひっかける

Ⅵ
Jに

めざめた時
ぴんぴき　ぴんぴき
おまへは　はねる

首を猛烈に左右に振って
ぺちゃんこのうしろ頭を　枕にこすりつけて
それから　枕カバーを
器用につかむなり　えいやと引っぱって
じぶんの顔に　かぶせてしまふ
さうして　ぴんぴきはねて
ぱたぱた　もがいて
ふと　おまへは　笑ひかける

お腹《なか》をゆすり
歯のない口をいっぱいにあけ
共犯者をみつけたやうに　笑ひかける

おまへのまはりに
白くひろがってゐる　無垢の世界へ

Ⅶ　Jに

タオルをけとばし
寝巻の両わきをひっぱって
スナップをはづし
アンパンみたいなお腹をまるだしに
おまへは眠る
アンパンのまんなかに
きれいにくびれこんだ　黒いおヘソ

（祝福します　もう　デベソでなくなったこと
きづなを　からだに　しまったこと）

息をするたび
おまへのお腹が　ふくらんだり　へこんだり
黒いおヘソが　上ったり　下ったり

さうしてうすく閉ぢた
その　小さなまぶたの下で
おまへは　みてゐるのだらうか
さっきまで　いっしょに遊んだ
熊や　あひるの　おもちゃたちが
色とりどりに　ゆれただよってゐる　夢を——

Ⅷ　Jに

身をのり出して
時計の　チクタクを　おまへはきく

おまへは　何でも　さはってみる
おまへは　何でも　なめてみる

なんてみづみづしいのだらう　世界は
なんて　匂ひや味に　充ちてゐるのだらう

おとなたちは　もう忘れてしまった

花びらは　どんな味がするか
おさじは　どんな重みがあるか
時計は　どんな音がするか

手をさしのべ
身をのり出して
むきたての世界を　おまへは　つかむ

Ⅸ Jに

ぼくは　セロリをかむ
ぼくは　たくあんのしっぽをかむ
やまごぼうのみそづけをかむ
ひだらをかむ
にっけいの根をかむ

ぼくは　塩からいものなら何だって
鳥のほねまで　かんぢゃふんだ
だけどぼくは
塩をふいただしこんぶだけは　かまない

ぼくは　ミルクは好きでない
ママの　なまぐさいお乳が好き
たまごの黄味ならたべるけど
カステラやビスケットの粉なんか

むづかしい顔をして　舌のさきではじき出す

ぼくにはちゃんと　シコウがあるんだ

ＸＪに

おまへの指のつけ根に
いっぱいの　ゑくぼ
それから肘にも
膝小僧にも

おまへのからだぢゅうが
わらってゐるのだね

ああ　いいお天気

ああ　おもしろい犬
ああ　いい音の風鈴　と

おまへは　生きてゐることが
うれしくて　しかたがないのだね

生きてゐることを
おまへは　手や　足で
わらってゐるのだね
からだぢゅうで

XI　Jに

また　嵐がきて
すさまじい音で　戸が鳴って

おまへには　はじめての今宵だけれど
人生には　こんな音のする晩が
いくつも　あるのだよ
おまへはびっくりのあまり
声もださずに　きょろきょろ

さあ　おまへとふたり　うづくまって
黄色っぽい灯りの　またたく下で
おまへの小ちゃな爪でも　切ってあげよう

あれはただ　風の音
なんにも　こはくないんだから

風の吹く晩もあるし
それから
ぽかぽかの　お陽さまもあるし

XII　Jに

鼻のあたまに
きゅっと押しあげられた筋肉の
さんかくの　白いかたまりをつくって

鼻のつけ根に　しわをよせて
おまへは　いま　笑ってゐる

これから　母とだけ生きてゆく　おまへ
やけどや　けがや
さびしい夜　さむい冬
防ぎきれない　たくさんの蝿や蟻
爆弾

それでも　おまへはいま　笑ってゐる

なにもわからずに

おまへが笑つてゐることで　母は
祈つてゐる　いまを
見えないものに

XIII
Jに

おまへの生れた　翌る晩
おそい春に　めづらしい大雪がふつて
おまへは一日ぢゆう
湯たんぽを二つもかかへて
ただ　眠つてゐた

二日たつて
やつと20％ブドウ糖液を
わたにしませて　チュッチュッと吸つた

夜なかにブドウ糖がなくなると
猫の子みたいな口を　横にあけて
ヒエ　ヒエ　とおまへは泣いた

　おヘソがいたむのかしら
　いいえおなかがすいたの
　おなかがすいたのよ――

医師《せんせい》は　お寝み中だったので
父は　長靴で　窓から街に出て
つもった雪の　とけない道を
薬屋さんをさがして　歩きまはった

その夜　初めて　母の胸に
潮《うしほ》のやうに　乳が押し寄せ
ほとばしった

かなしいおとなのうた

忘れた

覚めたとき　わたしにはわからない
夢のなかで　みたと思った色が
色　そのものであったのか
それとも　ただ　色の記憶であるのか

　赤なら　赤
といふことばによって　ふりかへる
するともう　赤はない

そして　今
わたしには　わからない
持ったと思ったものが
生活　そのものであったのか
さまざまの色の断片《きれぎれ》に　ちりばめられた
ただ　生活の　記憶であるのか

夕やけのガラスは　オレンジ色だと思った
シャワーの水しぶきは　ダイヤモンド色だと
思った　そのことだけが　のこってゐて
水しぶきも　ガラスも　のこってゐない　今

日常

泣きながら眠って
目がさめるたび　少しづつ　おとなになってゐる

青いとおもった　空の暗さに
安いとおもった　倖せの高さに

なにかが　わたしを　とらへてたべた
わたしは　からっぽになってしまった

それでもう　泣かずに眠って
目がさめるたび　少しづつ　あきらめてゐる

高くて買へない　倖せを
どこにも売ってゐなかった　青い空を

子に

おまへを置いて
さまよってゐるとき
乳母車が　いちばん　おそろしかった

わたしは　おまへをおそれてゐた
わたしが罰せられることをでなく
おまへが　裁くべき神であることを

裁くのが　見知らぬ群れであってほしかった
石を投げるのが　憎しみであってほしかった
ゆるす神　ほほゑむ神は　おそろしかった

ただ罰されたいときがある
罪びとになりたいときがある
いはれなく　憎しみのつぶてを
石ごろものやうに　嚙んでたべたいときがある

街かどに
団地の庭に
乳母車だけは　おそろしすぎた
やさしいつぶては　たべられなかった
遠まはりして　わたしは逃げた

蜃気楼

わたしのうしろに
みなし児がゐる

わたしのまへに
空間をみたす
色の影

手をのばしても
影はつかめない
色のまばゆさだけが

ゆびを染める

みなし児は　いつも　みなし児
たよりない空間へ
のめりこむ
わたしは　いつも　わたし

びっこ

ひとで

目をつぶるやうに
耳もつぶることができたら
こころも　つぶることができたら

魔女サイレンの　唄ごゑもきかず
白い海を

白い帆船《ほぶね》で　逃げ去ることができたら

時の　刻まれる音もきかず
時の　走ってゆく姿もみず
水底のひとでのやうに
白く　ただよふことができたら

ああ
こころをつぶることができたら

穴

たうとう
ひとりごとをいふやうに
なってしまった

ひとりの部屋で
蟹のやうに
地ぐものやうに
細いほら穴の　いちばん奥に
ちぢこまって

明るい外の景色を
月よりも小さく
円型の窓からながめて

チキンラーメン
固形スープ
灰皿
ありはしないバースデイケーキ

夜明けに

こんなしらじら明けが
いつかもきたとき

わたしには父があった
わたしには母があった
小さなわたしは　ふたりの間を
あるいてゐた

眠ってゐる街のまんなかを
アスファルトに　高くひびいた
父の　登山用の　ステッキの音

小さなわたしは
小さなリュックサックをしょって

さうして　こんなしらじら明けの
今日

眠ってゐる街のまんなかで
見えないリュックサックをしょって
わたしには　父もない　母もない
小さなおまへ
おまへにも　父もない　母もない

卵

月ごとに
めぐり合はぬまま
死んでゆく
卵のむれ

の亡霊が
女のなかで
女を責める

孵らない卵
孵らない心

めんどりだけで生んだ卵が
白く　店先に　氾濫し

養鶏場の
まぶしい
昼の連続
に　夜を奪はれた
女たちのなかで

くり返される
何といふ不毛
何といふ　おびただしい　死

過去との会話

過去《おもひで》にむかって
話しかけても

過去は答へない
過去は　おどろく

過去はもう
一つのかたちを持ってゐるから

そのかたちを変へまいとして
話しかける現在に　抗らふ

でも　過去のおそれるのは

過去が書き変へられることではないのだ

過去と　現在とが　よってたかって
をかしな　未来を
書いてしまふことなのだ

おまへが　だんだん……

おまへが　だんだん　わたしに似てくるのを
身も世もあらず
わたしはみつめる

　おもちゃを　投げないで
　ゐなくなっても　なかないで

こんなにたくさんのひとがゐて
みんな　それぞれ　ちがってゐるのに

どうして血が　血だけが
呪はしいほどに
同じ顔
同じ弱さを　うむのか

わたしのいいものをぜんぶ
おまへにあげたとしても
わたしの　わるいものをぜんぶ
やはりあげてしまった　罪は
あがなへない
もう　とりかへせない

おまへもきっと　かたはもの
慢性の　こころ肥大症
ガラスをみると　ただわりたくなる
わたしのやうに
わると　ただ泣きたくなる
わたしのやうに

彼の一日

コウエンノハナビ
モエテタ
火ガシンヂャッタ

クモガオシッコシテ　アメガフルヨ

クロイオンガクダネ

オンガクノナカニ
海ガキタ
海ガイッチャッタ

オ月サマ　ハンブンダッタ

ダレカタベチャッタノ？

通勤

朝に似たものが　また来るとき
涸れた　指のさきから
陽のまぶしさに　涙がしたたり
わたしは　ますます　乾燥する

人たちから　蒸発した水分に
朝は　しっとり　潤ほって
ななめに　舗道をのぞきこむ　陽ざしの
白いもやのなか　白い鳥が渦巻く

朝日も　夕日のやうに　赤いのだった　と
人たちは　もう憶ひ出さない

群なして　ただ黙ってあるく　いそいで

さうして　階段のうへで　朝をちぎり捨て
もぐってゆく　夜のなかへ
昼のなかの　夜のなかへ

墓碑銘

返しておくれ　時よ
わたしのあげた　微笑
わたしのあげた　くちづけ

おまへにたべられて
すべてを　なくした
たくさん持ってゐたから　たくさんなくした

わたしは　泣かない瞳《め》のきらきらをもってゐた
こころのやうに泡だつラムネをもってゐた
高い音のでる口笛をもってゐた

疲れない愛をもってゐた
わたしはいま　ひとつのお墓をもってゐる

――ココニワガ　ハルノヒネムル――

夏の墓

1956〜1964

ひとつの夏

もういちどだけ　わたしは求めた
ころぶために　ただ　おぼれるために
ひとつの夏が　わたしを襲った
みつからないわたしの顔をさがす　長い旅
歩いてゐることをしか　信じなくなって
たうとう　みつけたと思ったとき
わたしの顔には　見知らぬ手足がはえてゐた——

I

放火

まだ　ふるへることができるなんて
ほろびることが　できるなんて

せっかく枯れてゐた　草はらに
無慈悲な指が放火する
枯れ草は　緑の草よりよく燃える
知ってゐた　しげること　わらふこと

知らなかった　燃え尽きることなど

立ったまま　枯れたはうがいい
枯れたまま　みてゐたはうがいい

燃えながら　こんなに熱がらねばならないなんて
せっかく枯れたのに
せっかく　夜がきたのに

馬に

わたしはおまへに　ふり落とされた
病気の馬
ふんでおくれ　ののしっておくれ
わたしには　それがふさはしい

わたしは　手がないのににぎらうとする
ほそい　しなやかな　おまへのたづなを

足がないのに　はかうとする
銀いろに光る　するどい拍車の長靴を

おまへは傷つくことがこはいので　傷つけようとした
みんなが逃げ去るのを　まってゐた
わたしが逃げないので　怒ってゐた

かたくなに　おびえて　こばんで
ふり落とし　わたしを壊した
へたくそな子供の絵のやうに
なぞったり　まがったりしながら

あまりその絵が不器用なので
くらい当惑が　ありありとわかるので
おまへの病気をさへ　ゆるしてしまふ
いま　傷あとのうづく　ま夜なか

月に

太陽があるのに　月をほしがる
ぜいたくだ　と月はいふ
でも　地球は月をほしがる
太陽のまへに　蒼ざめながら
月のまへに　おののきながら
みんなに　許しを乞ひながら

遠い太陽
地球は　つまづきつづけて　遠い軌道をまはる
まはり終ったとき
雲のなかからかがやきかける
その　全き姿のために
いつも　太陽は　光だけでいい
それだけで　あたたかみは　丁度いい

でも　月は
いくつもの夜を飛びかひながら

おもての顔しか　決してみせはしない月
つめたい光が　地球を刺し
空に手をのばして
ひきちぎり　裏返し
まるごとぜんぶ　もぎとってきたい
さうして地球は　つめたい月にやけどする

嫉む

夕映えに　血塗られた雲　あんなにも近く
かもめがとぶことを　嫉むひととき

海に　魚がゐることを
あんなにも蒼黒い深まりの底に

さうして　くつがへったボートの　水いろの腹に
黄いろいヨットの帆が
くちづけようと　はばたくことを

けがされたくなかった　かもめに
さそはれたくなかった　わたしに
そよ風のやうに　魚のやうに
うすら明りに　生きてゐたかった

わたしは入ってゆかない
雲にも　海にも　あなたにも
あなたの深まりの底に
あなたはだまる　わたしはゐない

瞬間

海が死ぬ
けふも死ぬ
日が暮れる

月が死ぬ

けふも死ぬ
夜が明ける

時が死ぬ
けふが死ぬ
人も　死ね

惜しげなく
いくたび死んで
時がまたくる

死ぬ海の
死ぬ月の
うつくしさ

色あせず
暮れもせず
のこるなら

人だけが

醜からう
人も　死ね

散歩　一

潮風の愛に　疲れて
肌を荒らした
黄いろい崖

崖のうへの
古いみ堂の
椽の下に　びらりとたれた
白い　カンナ屑

流れのほとりに　ぢっと身を伏せた
黒い蝶
蝶を捕へて

〈危険・行止り〉の崖に
片手で登る

黒い翅のうづきに
指先　しびれて
海を見おろし
ふと　立ちすくむ

すすめない　おりられない
しびれのために
もう　蝶をはなせない

散歩　二

生きてゐることを
ほとんど　忘れた
わたしのなかに

見えないものが　ひろがりすぎて　こはれて
見えてゐたものが　見えなくなって

海辺の砂に埋もれた
遠い　人間たちの　いぢらしいいとなみ

　バケツの柄　哺乳びんの首
　われたゴムまり　下駄の片足
　たうもろこしの骨

なにも　わたしを
鮮やかな眼でみつめない　もう

なにをみても
打たれない　立ち止まらない　もう

生きてゐたことを
全く　忘れた

おまへ　野性の　みえないけものが

爪を立てるいたみのときにだけ
やっと思ひ出す
生きてゐることを

風景

あそこでは
海に挑んで　はためいてゐた
見知らぬ国の三色の旗
芝生に　コカコーラのかげのやうに
茶いろい瞳をした　茶いろの犬

あそこでは
花壇の赤いパンジーに　陽を切りとって
白い椅子と白いテーブル
びはの葉に光ってゐた　青い蠅

でもどこにゐても

だれとゐても
海だけをみつめて　犬はさびしい
犬のみる景色は　灰いろ

犬は海をみてゐた
ひとりは　海をみる犬をみてゐた

海は　つながりを信じない
犬も　つながりを信じない
海だけをみつめて　犬はさびしい
犬のさびしいことが　ひとりにさびしい

人形

瞳《め》をとり出して
宝石箱へしまふ
耳もはづして　掌《て》にはりつける

空がぶら下げた　あやつりにんぎやう
そんなにして　侵すものを　おそれるけれど
おまへは　砂に侵されすぎて
どんな色にも　音にも
もう　侵されようがない

おまへの唇を　こぢあけて
砂をつめこんだのは　だれ

きびしくなって　叫ばなくなって
あまりまづいので　嚙まなくなって
箱のなかで瞳孔はみひらいたきり
どんなシャベルも　死体を掘れない

何がおまへを
つかんでも　ゆさぶっても　おまへは
ガラスのやうに　首をふる

石

死にたいといふ日に
きれいになるためのジュースをのみ
陽のあたる　ガラス張りの喫茶店へきて
わらひながら　タバコをふかす

　バラの新苗あります――カバン、皮製品
――ホットドッグ――Sケンネル――

わたしはもう　こころでさがさない
わたしの眼が　指が　たしかめたがるだけ
明日《あす》でなく　けふここにあるものを

でもおまへは　おまへの形をしたひとつの石
けふここに　つかまらない
せせらぎのなかでのやうに
日光を折りまげて反射する　ひとつの石
足の甲に　そんなにもいたいたしく

青い静脈のふくらむ石が
もしあるならば
おまへは　石だ

たしかめるため　いつも
不器用に　静脈をつぶしてしまふ
わたしの爪が　石のうへの黒いあざになる

宣告

何も言はないで
何もしないで
何もなかったやうに
いままで　わたしの生きてきたとほりに

もう何もしてあげられない　誰にも
よけいなことを言はないで
知ったかぶりをしないで

そっとして置いて
おやすみなさい

ただ……

そっとして置いてあげない
何もしないでなんか　あげない
それがわたしの仕返しだった
わたしに　犯した罪を
ゆるさない

そして
いま
かつてないほど　真剣に　悲愴に
闘ってゐる　あなたのからだ
きのふまで　あなたのこころは
そむけて　のがれて
決して　みつめようとしなかったのに

いくつもの針の穴が

なめらかな表面に　穿たれる
そこから　〈あなたの意志〉に関係なく
〈あなたの意志〉が　注ぎこまれる

知らぬ間に
あなたは生きようとしてゐる　いま
おそらく　あなたのこころさへも
闘ひはじめてゐるのだ　本当に

重い罪に
宣告する　重い罰を
こころへの　長い苦役を

Ⅱ

天邪鬼

おまへはちがふ
おまへは　あやまらない
一度　わるいことをしたら
もう　宥してもらはうなんて　思はない

ゆるさなくていい
曖昧に　にっこりしなくていい
おまへは　ためしてみたかったのだ

ひとつのために　ひとつを
こころのために　いのちを

いつも　ないものを欲しがる
昼なら　夜を　雨なら　陽ざしを
さうして　そこにゐないひとを

与へられないものを　選りわけて
苦しむことを　引き受けないで

行くとこなんかないさ
だから　どこへでもいい　行ってやる
それが好きさ
だから　それ以外なら　抱いてやる

でも　苦しまないことの償ひに
おまへは　ごまかさない
おまへは　賭ける　脱走に

しみ

遠いところで
空と海とが　傷つけ合ってゐる　むなしく
透明な血が　ながれてゐる

海の　裏切り
と　むなしい　あがなひ

愛の重みに　よだれをたらす
枕についたしみは　もう消えない
耳がきいてしまったことばは　もう消えない

しみだらけ
もう　傷だらけ
海が　身をよぎる
空が　かきまはす
傷が　傷を　消さうとする
ことばが　ことばを　消さうとする

でも　耳がきいてしまった
ことばは　もう消えない　血はとまらない

ことばが　もってきた
かたい土の　かたい樹の　みのった果実の
むなしくないものの　むごいわらひは
もう消えない

喫茶店で

だまってゐないとき　わらってゐるが
だまってゐるとき　とてもかなしさうだ
何でもない　壁とか　コップみたいなものを
とてもかなしさうに　みてゐる

疲れてしまった
黒レースのカーテンをゆする　遠い風だ

切れかけてまたたく　螢光燈のやうに
音たてて　一生けんめい　生きてゐる
もう少し　もう少し　と

でも時を　費ひはたした
肝ざうを　費ひはたした
お金を　手足を　乳母車のしゃしんを失くした

何故　こころが
こころだけがまだ　のこってゐるのだらう
小さなさいふのなかに　最後に

霧

夜霧の　くず湯の底に
ひとは沈澱する　澱粉に似て
上澄みだけが　異常に

透明になってゆく

ひとはすぐ　夜に犯される
犯されて　ふてくされて
ポマードくさい　一つの部屋と
もてないものを　ことわって
ことわったものに　こだはって

粉と水と
煮なくてはいけない　強火で
ポマードのびんを　割らなくてはいけない

許せなくなるときが　くるだらうか
許されなくなるときが　くるだらうか
終りが　いちばん先に　くるだらうか

とどかないものを　なげすてて
ふり向きもせず　ひとは遠ざかる
濃い霧をかきまはしながら　足早に

横断

小さな羽虫が　上へ向かってとび
白い　粉のやうな花びらが
やさしい枝からこぼれてくる

昼のなかを
うすい陽ざしのなかを

どうやって通りすぎたらいいのだらう
お酒もなしに　松葉杖もなしに
どうやって　斜めに横ぎったらいいのだらう
昼のむかふへ

緑《あを》い土手の　たった一つの木いちご
が　赤いやうに
とざされたわたしも　血をながす
まだ　始まりもしないうちから

まだ　始まったばかりのうちから
ほんたうのひとりが　わたしにこはい

ほんたうに　ひとりだと
知ることが　木いちごの　あの赤さなのに

夢

誰もゐない丁字路のつきあたりに
バス停留所の標識と
黄いろいトロッコが　二台

そんな　すきとほったものと
なまぐさいものと
とりかへても　いいのだらうか
右の黒瞳に命中するぴすとる
ないふの　刃のはうを握りしめて
柄をもったひとに　奪はれまいと抗らふ夢――

撃ったかもしれない
トロッコにはのらなかった
さうしてわたしは　しめ殺した指のまま
目を覚ます

殺してゐたのは　わたし
殺されてゐたのは　わたし
わたしを殺すとき
あなたは泣く
あなたが泣くので　わたしはわらふ
あなたを殺すとき
あなたはわらふ
あなたがわらふので　わたしは殺す

どんな昼に　おびやかされる　わたしの夜
どんな夜に　おびやかされる　あなたの昼

樹に

わたしには　風が要る
風にゆれる
あの大きな　やさしい樹が要る

樹のしたに来る
雀たちと　蝶たちと
少しばかりのたべものと
少しばかりの　アルコール
小ちゃなプレーヤーに　少しばかりのジャズ

でもこんな夕暮れは　要らない
こんな夕暮れには　ほかのものが要る

突然に
木の葉が散るやうに　愛が散り
塩からい樹液だけが　行き場をなくして
枝々のさきに　たまりはじめる

散ってもよかったし　散らなくてもよかった木の葉
初めから
なってもよかったし　ならなくてもよかった木の実
そんなものが　あり得たらうか
かがやいてゐた
間違はない　自然のなかに

夜

誰も　何も知っちゃゐないのさ
おいしい空気をたべよう
ひとりを　かんでたべよう

朝は　にぎやかな声のする方へ
みんなのゐる方へ　行ってしまふ
わたしが朝を盗みにゆくと
みんなは気がるに　投げてよこす

たいせつに持ってかへって　あけてみると
朝は　掌《て》のなかで　真っ黒になってゐる
こんな手品ばかり
わたしはわたしにやってみせる　かぐや姫

夜にのこって　何からも遠い
犬も　山鳩も　啼かなくなってしまった

みんな
みんな
眠ってゐたり　わらってゐたりするみんな
泣きたくなる
ささやかな　窓々のあかり
眠ってゐる　こどもたち
だけが　倖せだ　どうか
倖せであるやうに

中華料理やで　さっきわらってゐた男たち
わたしは遠い

ふと

なにか　とてもだいじなことばを
憶ひだしかけてゐたのに

視界の左すみで
白い芍薬の花が
急に　耐へきれないやうに
無惨な　散りかたをしたので

ふり向いて
花びらといっしょに
そのまま　ことばは　行ってしまった

いつも　こんなふうに
だいじなものは　去ってゆく
愛だとか
うつくしい瞬間《とき》だとか

何の秘密も　明かさぬままに

さうして　そこらぢゅうに
スパイがゐるので
わたしはまた　暗号をつくりはじめる
ことばたちの　なきがらをかくして

対話

こんなに　かぐはしい世界が
いのちが　のしかかるのに
どうして喘がずにゐられるのか

おまへの　喘ぎをききたい
喘がないいきもの

じぶんがじぶんでなくなるなんて　大きらひ
よろこびに　われを忘れるなんて

悦びも　苦しみも　与へられるのはきらひ
与へるのが好き

問題を　出されて
選ばされるのはきらひ
選ぶのが好き
問題を　出すのが好き

傷つけられるのはきらひ
傷つけるのが好き
どうして　くらべてみなくてはいけないの
どうして　あたしの傷が浅くてはいけないの
どうして　他人《ひと》と同じだけ　がまんしなくてはいけないの

うなづかない
調子を合はせない
喘がないことで喘がせるいきもの

このままで気に入らなければ　そっちで逃げてください
逃げないのなら　受けいれなさい

あたしと何かと　とりかへっこはしない
あたしは変らない
在るものが気に入らなければ　あたしが逃げる
あたしは　受けいれませんよ
逃げますよ

Ⅲ

奇妙な死体

その解剖に　わたしは立ち会った
お酒も　毒薬も利かなかった
あなたの肝臓
あなたの胃
ヒマシ油も利かなかった
あなたの腸
愛も　利かなかった

あなたの心臓　と生殖器

それぞれの内側は
とてもみごとなサーモン・ピンク

でもひとときはみごとだったのは
あなたのまぶたと　眼球《めだま》のあひだ

あなたは　目ぐすりをさしすぎた
これが涙ならいい　とわらった
わらひながら　知らなかった
あそこで　実は　或る化学変化
目ぐすりに殺された
はじめ涙だったものたちの　塩が
真赤なガンになって
しらじら醒めて　ゑぐれてゐた

車窓

　灰いろの校庭に
　決して相会はない　鉄棒たちの断層――

田んぼが　うつくしいのは
水の　すなほな習性によって
あくまでも平らであるためか

汽車の　いちばん前の席にゐて
とびこんでくる田んぼばかりを　眺めてゐる人間と
いちばんうしろの席にゐて
走り去る田んぼばかりを　眺めてゐる人間とがゐる

見送ることが好きだったのだ
別れが　好きだったのに
もう一つのうしろ姿が　何故　穴のやうにこはいのか

あなたと　あなたの影とが

ガラスを隔てて　となり合ふ
わたしが　影をみつめるとき
影がわたしをみつめる幻に　わたしが惑ふとき
あなたは　実は
わたしの影をみてゐる

――目をつぶること
迎へもせず　見送りもせず
影とかたちとを　間違へもせず

港の宿で

暗いとき　雨は白い
明るいとき　雨は黒い

夕ぐれの残光と
室内の　ささやかなあかりとが
消しあって

丁度　つり合ってしまったとき
雨は　音だけになる

平和《ピース》や　希望《ホープ》を　吸ひこんで
煙にして　灰にしてしまふ
無益ないとなみ　無益ないのち
どんな誠実さによって　消えればいいか
どんな不実さによって　燃えればいいか
熱と灰とが　つり合ふとき
タバコは終る

わたしが　みえなくなり
音だけになり
いのちと　死とが　つり合ふとき
わたしは　はじまる

海辺で

遠いいさり火が
海に　一列のスパンコールをつけるとき
月は　海にむかって
もっとたくさんの　星を贈る

波といっしょにうちよせた　いくつかの星が消えると
あたらしい波といっしょに　いくつかの星がうまれ

地球に　ひとが棲むやうに
どの岩にもカニが棲んで　うたって
それぞれに　ちっぽけな宇宙

耳のうしろからさらさらと砂の洩る
腸のそこここが　カマイタチのやうに
ときどき　裂けるいぬ
光る毛の狂犬が　星をたべる

渦巻きのほとりをとほる
溺れないボート
死んだ星たちを　返せないわたし

断つ

白い浜を　こどもが走る
横に動くもののあるとき
天から　垂直に
はまってゐる扇風機の羽根のやうに
透明に光りながら　それを断つ
一つの面をおもふのは　何故か

突きぬけるもの
断つもの
横切るもの　を　常にみる
平たい風景のなかに　とんでゆく矢
たしかな速度で　老いてゆく少年

節穴と節穴をつなぐこと
あらゆる方形に　対角線をひくこと
それがわたしの　〈見る〉あそび

みえないこころを　刃もので横切る
それがわたしの　〈愛する〉あそび

　たぶん　あそびなのだ
　いくら言ひはっても
　いくら賭けても

瞬間を　一枚の板にして
ときの流れを　せきとめる
それがわたしの　〈生きる〉あそび

短い航海

人間たちが　ヘッドライトをともして
山すそを　蟻のやうに　走ってゐる
海の上に　もっと大きな　月がある

さよならのテープは
船にひっぱられて切れるのではない
風が
沖からの風が　急にはげしく吹いて
それを切るのだ

満潮に　海がふくらんで
ヨットのマストが　くらい皮膚を破る虫様突起
裂かれた波から　どくどくと
あなたの　うす茶いろの内臓が　はみでる

夕ぐれの　麻酔に
しづかに　のたうってゐる海を

船だけが　手術して
泡だった血を　流させてゆく

あなたが　遠のき
風が　忘れられ
海の病気が　やっと治り

するとまた　突然
別の紙テープが　固く巻かれて　待ってゐる

食欲

飢ゑることが
わたしの背負ってきた　罪だ
固い　灰いろのビルのなかに
何故　こんなにも　足りないのか

飢えることが
わたしの受けとった　罰だ
求めることは　罰せられねばならない
こんなに足りないものを　求めることは

わるいことに　わたしは
満腹がきらひなのだ
それに　何を食べても　中毒する

それでも　わたしは　食べたがる
わたしであり　わたしでないもの
秋を　愛を　光る飛行機を
窓ガラスのそとに　満ち干する　時を

パンの話

まちがへないでください
パンの話をせずに　わたしが

バラの花の話をしてゐるのは
わたしにパンがあるからではない
わたしが　不心得ものだから
バラを食べたい病気だから
わたしに　パンよりも
バラの花が　あるからです

飢ゑる日は
パンをたべる
飢ゑる前の日は
バラをたべる
だれよりもおそく　パンをたべてみせる

パンがあることをせめないで
バラをたべることを　せめてください——

ガラス拭きのうた

空に近い　人から遠い

空が人をみると　平べったい黒い振子
誰も　よけないで
まっしぐらに　はねとばし
ネオンのしたで　水たまりは　血だまり

ここで　おまへははたらく
空と人
そとと　なかとの　境ひ目で

おまへが　みがくと
ガラスは　なくなる
そのとき　ガラスは完成し
空と人とを　冷酷に分かつ

空にとびたがる阿呆など

頭をぶつけて
コツンと落ちて

おまへだけが　知ってゐる
境ひ目の　ありかを

挽歌

何かが　うまれて
おまへの狼は　死んだ

つかまらないため
おかされないため
生きることさへ　拒まうとしたおまへが
たったいちど
生きた
といふ不遑を
神は　素早く　罰したのだ

生きる痛さに　つぶれて
ゆるしたとき
うなづいたとき
うけとったとき
おまへは　おまへでなくなった

失はせたのは　わたし
失ったのも　わたし

ああ
吠えてゐたおまへ
走ってゐたおまへ
あんなにも自由だった　狼は死んだ

帰宅

薔薇　散りしく

くらいヴェランダを　横切り
酔ひもせず
花と　花との　むなしさを想ふ

咲くことは　散ること
生きることは　拒むこと　咲かないこと
重すぎてじぶんがもてない
愛することは　こはすこと

ひろげたノートの大きさで
感情の長さがきまる
持続したことのない　痛み
はじまったことのない　告白

捨てるには多すぎる
たくさんの涙　の歴史　も
ただもてないだけ　重すぎるだけ
やっと　拒みはじめる
愛することは　こはれること　生きないこと

吼える

のんできたビールのやうに
ごぼごぼと
ただ　多すぎる液体
それが海だ

遠い明るい砂浜に　影をおとして
人たちがフォークダンスを踊つてゐる
海にむかつて拡声器が叫ぶ

海は　誰にむかつても叫ばない
のに　ごぼごぼがレコードを消し
ひとつの嗚咽を　吸収する

まだここにあるのに　もうないもの
はじめからなければよかつたものを
はじめからありはしなかつたものを
みつけて　そして失つたことの

むなしさを

もういちど思ひ知るためだけだった
とりだして眺めるためだけだった
さびしさを

このみぎはの　暗さと
砂利をまきあげ
ただ　さわがしい　大量の水
の　さわがしさをいいことに
まきあげられる砂利のやうに
身をゆだね

海の敵意に　わたしの敵意を　共犯させ
交ぜ合はせるために　最も近づいて
しぶきをあび
しぶきをなめ

海といっしょに
わたしは吼える

IV

カーテン

ひだが暗い
暗いから　入ってゆく
谷間から　山はみえない
ひだはまっくら
だから　ぜんぶまっくら

どこにゐても　そこしかみえないのに
そこでしか　泣けないのに

さうさ　もうかなしくないから
ことばも　忘れてしまった

もうかなしくないから　うたもうたはない
さはらないでよ　わたしに
いいえ　さはってよ　わたしに

もういや
もうねむい
でも　きれいな幽霊がくるかとおもって
それで　電灯が消せない

きこえる
かかってこない電話のベル
山にはひ上るのはいや
思ひだすと　わたしはうめく

幽霊のゐなかったきのふ
のつづき
幽霊のゐないけふ

幽霊のゐない　あした

ユリシーズ

帽子のゴムひもが固いやうに
あごに喰ひこむ
腹立たしい呪縛から　急に　とき放たれると

こんな大きなふねのなかに　煙がいっぱい
かきまはして
殺すやつをみつけて
それから　殺す道具を　みつけるので
殺すやつはいつの間にか
うつくしくなってしまふ
空に絵をかいて　ないふを刺して

でも
海がきいろいので
ふるさとが遠いので

ふねは覚めたまま　サイレンの島へ引返す

呪《じゅ》

何気なく　華やかにわらって
虫でも殺すやうに　愛をころす

殺された愛たちの亡霊に
いまに　殺されるぞ
いまに　死ぬよりもっと　わるいことがあるぞ

虫はちっちゃいから　お化けがでない
愛もちっちゃいから　お化けがでないと思って

華やかに　裏切りの凶器をふりまはし
しとやかな顔で　喪に服す

じぶんのそとで
じぶんのなかで
殺したものが　何なのか
知りもしないで

待つ　一

時が足りない
時計をいくつ持ってきても
時は　ふえない

ひとはただ　うたふ　一小節に
一秒かかる
わたしはただ待つ　次の一秒を

待つ
突発的な　やさしい嵐
うたの　音たてて砕ける　一秒を

何も要らないと　云ひながら
何をさがして
どこへ去るのか

石が　おびえ
おびえによって　溶けてゐるとき
石はいちばん　すきとほってゐた

突発的なかなしみに　或る日
石はこごえて
周期のながい衝動の
次の周期のはじまりを
待つ

待つ　二

みつめてゐたのは
時計ではなかった
みつめてゐたのは　とき　だった

その流れが　硫酸のやうに　わたしをゑぐり
刻み目ごとに　手や足をもいで
わたしの芯に近づいてくるのを
わたしはみてゐた

渡ってきた橋
すててきた舟
ただこの処刑のために
ひきずってきた　重い河

知ってゐたことのすべてが
針のうしろで　わらってゐた
流れ去るわたしは　ほんの小さな　塊だった

何もない　誰にも　何もない
ひとといふ幻は　いちばんをかしい

みつめてゐたのは
ハリツケの　わたしだった

雨

ライオンはいつ死んだの
ひきだしのゲンゴロウムシは
雲は　花火は　河は
赤い夕方は　いつ死んだの

どうしてみんな　行ってしまふの
わたしはいつも　ここにゐるのに
こころなんて　内臓さ

内臓のいたむやうに　いたむのさ

くりかへしくりかへし　おなじ言葉
くりかへしくりかへし　おなじなみだ

雨はつぶつぶなのか　すぢなのか
つぶつぶなのに　すぢの音をたてる
だけどもう　ライオンがゐない
ライオンのゐない部屋は　冷えてくる

とぎれたいたみたちが　つながりはじめる

啖呵

これが欲しいが
あれをえらぶ
そんな　いい加減なものぢゃない
もっときびしい　地獄なんだ

抱くことが　答へではなくなるやうな

みてごらん
地獄なんだよ　えらんだものが
メスだからね　二つのメス
メスは　メスを　切れないからね
金属の音がするだけ
金属のなみだが　流れるだけさ

甘ったれるんぢゃない
酔ふんぢゃない
ひとの傷口に　薬を塗るんぢゃない
〈みんなの孤独〉なんて　なれ合ひさ

あへぐ鼻孔に　唇をあてて
病気を　啜りだすことができてさへ
この傷は　なほせない
じぶんで　メスになって　切りひらいて
ひとりひとりの　地獄があるだけさ

鬼に

あなたは　ならうと思へば　不幸になれる
でもわたしは　不幸になれないって
それから　幸福にも

さうです　それが餓鬼道です
たべられないから　幸せになれず
たべたいたべたいと思ふうちは　不幸でもない

不幸でなくても　餓鬼はかなしい
たべたがらないひとより　かなしい
こどもは駄菓子やのまへで
ほんとに泣くのです
おとなは　風船ガムなんかたべたくないから
だから泣かないだけ
たべたくなくなることを　おとなは不幸とよぶのですか

それは　ホトケさまの　或ひはヱンマさまの
或ひは自由の身である鬼たちの不幸
囚人たちには　ただ
終りない　餓ゑのかなしみ
満足も　あきらめもない
うろうろのかなしみ

さうです　わたしはいつもうろうろする
一匹の餓鬼です

点火

マッチをするたび
正確に　火の走る速度で
よみがへる
なくしたライターの　青い焔
もう　ライターを　もちたくないので

いつも　マッチの　赤い硫黄に　むせながら

つめたく　ゆれなかった　ひとつの焰
によってしか点火されない
一本のタバコを
わたしのなかに　想ふ

たくさんのマッチ
の燃えかす
たくさんのタバコ
の吸ひがら
に埋まって
身動きもならず
むしばまれてゆく　いのちの
この岸から

よびかける
青い焰
白い一本のタバコ

行方不明

街を
顔の波を
探す　一つを

逃げた愛の顔
死んだ夢の顔
行方不明の　わたしの顔

いつの間にか

逃げるまへの愛の顔
死ぬまへの夢の顔
あの夏の
青い水にぬれた　わたしの顔

決してみつからない一つを
無駄な顔の波から
探す　探すために
波に逆行する
銀いろの自転車にのって
けたたましく　ベルをならして

破棄

すべての契約は　ふみにじられた
わたしは　人質として預かった　思ひ出たちを殺す
預けた人質は　盗みかへしてやる
殺されないうちに
（わたしも　破棄する　すべての契約を）

それから　あの城に火をかけて
もしてやる
ぜんぶもしてやる
いちばんよくもえるたきぎを
わたしを　くべてやる
焦げながら
わたしは　わらひ出す
破棄ではなかった
はじめから　これが契約
裏切りのためにこそ　誓ひがある
すっからかんに燃えればいい

盗みかへしたみなし児たち　思ひ出　だけよ
大きく育て
それがわたしののこす裏切り
いちばん卑怯な
すべてへの返礼　　と別れだ

むかしの夏

I

冒瀆

神は　たしかに　ゐなかった
太陽は　強情に　のぼりつづけ
わたしは　強情に　愛しつづけた
けれども　神は　ゐるのだった　或る日
わたしが　わたしを　のぞきこんでみると

いつの頃からか　わたしが魚だった頃からか
わたしのたましひに　深い傷口があって
音もなく　色もなく　たえ間なくそれは涕き
流れでる血が　神に似てゐた

傷口から　わたしは
すべてを感じとるのだった　いまは
わたしは　強情に　さうするのだった

それはわたしの　うるんだ眼　渇《かつ》えた唇
いぬの嗅覚　しかの聴覚
それは　わたしの　かなしみであった
かなしみは　軟体動物の　二本の触角《つの》

傷口から　世界が　不意に　流れこむとき
わたしは　ふるへ　ふるへの中にだけ
世界は　あり　空は　青く
青い空は　傷口に　とても　しみるのであった

神は　強情に　不在しつづけ

わたしは　強情に　愛しつづけた

晩夏

1　別れ

青い瞳《め》をした　白い猫だった

あのとき　ふり向いて　わらはなければよかった
あんなに　足早に　帰らうとしたのに
外には　夏が　降りそそいで――

空気は　ひばの匂ひに染まり
あなたは　夏に　ぬれそぼった
季節とわらひと　いつまでも　揺れてゐた
ふり向いたのは　猫だったらうか　あなただったらうか

別れが近づいてゐた　夜だった

2　**貧血**

立ち上る

するとまはり一面
陽ざしの　白い海になる
　　　（かなかながないてる）

白い庭をよぎって
何か　びっこのけものが通る
ものかげに
暗い瞳《め》がわらふ

わたしは何も持ってゐません
あの暗い瞳しか　持ってゐません
この白い陽ざししか　持ってゐません

溢れる昼に

白い血のにほひ
　　（かなかなかがないてる　まだ）

3　午後

山ぎりのにほひのしみこんだじゅうたんに
うづくまって　ひとは泣いてゐた

風が　梢に　涙をこぼさせ
長いこと使はれないだんろのわきで〝でんゑん〟がなり
散りこんだ木の葉が　たしかな速度でくさりはじめ

夏は　病んでゐた
湯どのに　くもが巣をかけてゐる　けはい

ひとも　病んでゐた
あまり静かなので　ひとは泣くのだった

もういちど　霧は窓にくる
おのれの愛を

ゆるせなかった

古びた音いろは午後の向ふでくりかへし
ときは　降りやんだらしかった

愛を
いっぱいの静かな愛を

山ぎりのにほひのしみこんだじゅうたんに
うづくまって　ひとは　ただ泣くのだった

4　食卓

何故いけないかわからないのに
してはいけないことがある

部屋のうす闇に　ぢっと耐へてゐると
蒼い風が駆けぬけて　不安が来る

それでもたくさんある　やさしいものたち

太かったり細かったりするアスパラガス
小さな虫のとびこんだ　かにサラダ
裏山で唄ってゐる　気ちがひのきこり
もう一人きりではないといふのに
そのことが　ときどき　かなしく重い
夕ぐれ
そのことが　かなしく重い

5　忘語

野草は立ったまま声もなく枯れはじめ
そこで
山は　秋に
わたしは　折れた画ふでに　出会った
いつか　誰かが　何かを描かうとした　虚しさ
道ばたの家屋番号を　あてもなく

よんでは歩いた
風といっしょに

低い庭の　暗い木立ちに
ハンモックが白い手足を縛られてゐた
網目から
こぼれ落ちるのは　日々
わたしの　さびしい賑はひの　過去

風よ
ことばは忘れられた
画ふでは折れてゐた　それでいいのだった

いまこそ
愛の命ずるすべての別れを
わたしは別れよう

あんな渦のなかで　わらってもゐた
しかし　あれらは　愛ではなかった

愛とは　颪よ
夏にひそんだこのやうな秋の
この　きびしい啞のことであった——

6　くちづけ

小さな池のほとりに
自転車が二台　草をたべて

池は　とかげいろの雲と
ボートとを浮かべ
ボートはふたつの焦立ちを浮かべ

燃えてゐたのは　瞳
つめたかったのは
小犬のやうな　鼻の尖

さうして　ふたつのかなしみは
何の草をたべて

このとき
ふたつの視界をよぎる
とかげいろの
雲に似た不透明なものは　何か

7　又　別れ

一つの夏　初めての夏
見知らぬ夏
夏の逝ったあと
見知らぬ風
風の吹いたあと

アスファルトに
タイヤの　紫の音
走り去った夏

さやうならと　いふとき
雨が降ってゐて
くるまのなかにゐたひとにも

くるまのそとにゐたひとにも
窓ガラスつたふ滴は　たがひの涙にみえたといふ

走り去った風
風のうしろ姿

街に　居場所はもはやない
季節に名まへはもはやない
わたしは笑ひだすわたしを眺める

左足の小指に　ふと痛むきのふの傷

夏の終り
空白の季節のはじめ

欠乏

濡れたアスファルトは　なまあたたかい

傘をふかぶかさしてゐるから
わたしのかなしみは　人には見えない

映画館のまへ　けぶり　光る大通り
六月の雨は　はてしなくはねかへる

わたしの涙が　一滴だけ
雨に混って　小さくはねかへる

愛は遠い
遠い愛を　求める
けふも　わたしは　見失はれる

さまよひ
わたしは見失はれる　群衆のなか
涙は　見失はれる　雨のなか

濡れたアスファルトは　なまあたたかい――

出発

忘れてゐた
みんな日常をのみこんで
忘れてゐた　憎しみのやうに輝く愛を
罪のやうに輝く祈りを
拒否のやうに輝く肯定《うなづき》を

照ってゐる
月は　あかるかった　ありがたう月
わたしたちは　黄いろいカンナを盗んでたべた
公園の　砂場の海
帆をかけて走ってゐた　砂のヨット

ここから船出して
いつもここへ戻ってこよう
こんなにも恐ろしく　邂逅《であ》ってしまった
ふたりの罪に　いのちこめ　うなづくため
カンナの花をたべるために——

すべり台の上にも　街のもの音は来る
呼子笛　一こゑ
よふけの屋根屋根を越え　高らかにひびいて　告げる

戸をひらき　流れわたした　束の間は終った
今また　電車はホームから絶縁し
灯《ひ》を洩らし走る　長い蛇の孤独に還った　と

いけない　そんな箱のなかで
茶じみた光に染んで　忘れてはいけない
月のやうに輝く太陽を
涙のやうに輝く笑ひを

忘れまい
わたしたちは現在《いま》を持ってゐる！

街

こどくが欲しかったので
街をあるいた

夜がながれる
ネオンと　喧騒と　退屈と

一生けんめいになればなるほど　みんな似てしまふ
それでふてくされて
なげやりになればなるほど　やはり似てしまふ
じぶんだけはちがふと思ってゐる
そのくせ　けちくさい類推にすべてを眺める

行きずりの　誰かが誰かに話しかける
この人があの人で
あの人がこの人であってもいいのだ
こんなにゐるのに　たった一人のひとがゐない

ネオンのついたり消えたりする
むづかしい順序を　覚えてみようか
無駄ときまってゐることが　いまはなつかしい

とり残された　並木の凝立
魂の一ひらのやうに
いつか街灯に舞ってゐた
みどり色の蛾を　さがしに行かうか

酔った眼をして
頬のあかい小学生からピーナッツを買はうか

意味もなく　あの
かうかうと来るヘッドライトに
をどりこまうか　ドンキホーテ

こんなにゐるから　さびしいのだ　完璧に
しびれるほどに
(こんなに似てゐて　誰かは誰かをわからないから)

何をしてもわかられる心配はないから
みち足りて　こどくなのだ

驟雨

それでも　愛してさへゐればいいのに
ふるさともない　かみさまもない　あたしたち
なぜ　立ちつくしてはいけないの
こんな黄いろい暗がりのまへに
けもののやうに
ここにゐぬひとと　身をふれあって
つつましく

突然に来て街を覆ふ　　ああ
まひるの夕やみ
春のゆふだち

遠い高台に

いくつものちひさな人生を充満して
いくつもの四角い建もの
陽がのこる　そこにだけ
まるで地球の裏側から

あわただしく灯をともす　影のなかの窓々

いま
すさまじく
雨はすさまじく　音たてて降る
なぜ　信じてはいけないの　こんな時
ここにゐぬ人の肌を感じて

生きてゐることを
生きてゐることを

吸ひこむ　しぶきの冷たさと

白濁と

いのちは死にあふれてゐる
知りたい
死はいのちにあふれてゐるだらうか

うつくしいものたちは　似てゐるだらうか
愛と　不吉とが似てゐるやうに
あらしと　無言とが似てゐるやうに

Ⅱ

名まへ

さう　いつ
いつか
それは　語られねばならぬ
雪は　花ではないといふこと
海は　空ではないといふこと

風は唄はない

ロバは馬ではない
さうして　父たちは　母たちの　こひびとではない——

けれど
わたしはなほ呼ばう
風を　光りと
雲を　ばらと
おまへを　こひびとと
わたしは　間違へつづけよう

いいものは　みんなおなじもの
うつくしいものたちは　間違へはしない

すべてのなかに　ひとつがあり
ひとつのなかに　すべてがあるなら
ものには　おなじい　名まへしかない——

去るものに

ひえびえと　霧のにじんだ　赤い酒
湯あがりのほてりに　のませてくれた　湖
古いレコードが
なりやまず　なりやまず
（からっぽのロビイにはぜたストーヴの薪）
山を下りると　早い初雪

いま　おそい夏の
海に入り日
砂丘に　うすい草のかげ
一さうの小舟のみをが
まっすぐに　ここを指さす　おまへを

失はれようとしてゐるおまへを
奪はうとしてゐる夕暮れとならんで
いっそ何故　おまへは拒まないのか

わたしがここに　ゐる　ことを
古いレコードが　ふとひびく
不透明な波のあひだから
透明な　或る日を呼んで

或る宴

これだけの多勢が　祝ふのだ
横暴な盗みを　白日のもとで！

それを
持つことのできるものと　できないもの
白さに
おびえるものと　おびえないもの
さうして　それは　遠くなった
遠ざかるテールランプを

いつも　見つめるのは　わたしだった

どこに　失はれた季節はあるか

はじめての
やさしかった花びら
もっと近づくために　さよなら
のこり香　だけが
九年がかりでのこされた　傷

うつくしいことは　いたいたしい十字架だ
人たちは　それを
白い衣に包み　まひるなか
奪って行った
血をながすための羊のやうに

HELP!

おちてく　ひとりで
とべない　ウエンディ
ふり返ってみないの？
ピーター・パン
あみですくひに来てくれないの？

おちてく　ひるの空から
青い雲
きらめく星
白い海賊船　がおちてく
死んだハト
死んだカラス　がおちてく

さっきまで夢のやうにとべたのに
突然　はばたきかたを忘れてしまった
それから　気がついた
パラシュートをおいてきたこと

あの空があまり遠いので
とびながら　おとなになってしまったのです

ピーター・パン
あなたはとべる
わたしはとべない
おちてく　ひとりで　わたしだけで――

殺意

ナイフをだいて
夜の街なかをとばす
バックミラーに　ぎらぎらとうつる
わたしの眼

悪いわたしが
わたしの「メデ」が

新鮮に　よみがへりつつあるのを感じる

わたしは　悪くある自由を
とり戻した！

持ってきたシーナイフなら〈謀殺〉
置いてある果物ナイフなら〈故殺〉
どっちにしても　サヤから出ぬまま
——すべて〈未遂〉さ
お茶番さ！
ぎらぎらの眼　だけがのこるのさ

物語は終った
わたしは最初の罰をうけとった

最後のページを切る　ペーパーナイフで——

逝く春に

近寄れば　おまへは消え
遠ざかれば　おまへは残らう
おまへは　影だ

日常に　蝕まれ　はげしすぎる太陽に灼かれ
おまへの消え去ることを
わたしはおそれる

おまへは　影になりたいか
影を殺す現《うつ》し身になりたいか

　現し身に　向ひ合ふとき
　禁じられなくなったとき
　わたしの夢は　いつも死ぬ

おまへの影は　重い洋服
わたしは　脱がうとするだらう

わたしは　忘れるだろう

ふり返ったとき　遠くに　季節の向うに
わたしの春が
侵されずあれば　それでいいのだ

おまへに　見えるものをあげた
見えないものもあげよう　今までのわたしを
その残骸も

さうして　わたしは　夏に旅立つ
おまへの影と　わたしの残骸とをのこして——

これから

わたしは　生れてしまった
わたしは　途中まで歩いてしまった

わたしは　あちこちに書いてしまった
余白　もう
余白しか　のこってゐない

ぜんぶまっ白の紙が欲しい　何も書いてない
いつも　何も書いてない紙
いつも　これから書ける紙

（書いてしまへば書けないことが
書かないうちなら　書かれようとしてゐるのだ）

雲にでも　みの虫にでも　バラにでも
何にでも　これからなれる　いのちが欲しい

出さなかった手紙
うけとらなかった　手紙が欲しい

これから歩かうとする
青い青い野原が欲しい

開花

月見草が
神秘な速度で咲くやうに

日暮れて　急に　わたしたちは咲いた

ふり向きながら　すれ違った　見知らぬどうし
それでゐて
固い地に蒔かれてあった　時の種子

歩み去るやうにみえながら
未来の或る日
捨てたタバコの　赤い一つの火をみつめ
この街かどに　ふたたびことばもなく立ちつくすため
歩いてゐたふたり

逃げようとしたことも
見まいとしたことも

それなのに　遠い夏から
おもへば
宵ごとに
宿命のかたちに　咲いてゐた月見草——

てがみ

雨の日
黒い涙をたらして　てがみがくる

をととひ　愛は　風だった
ゆふべ　それは　霧になってやってきた

青いロバのひく　青い車の青い赤ちゃんと
どんぐりもつんでくるのですか
どんぐりなんかおいしいですか
こんなに足りないのは　どういふわけだらう

どんな　おまへの　気まぐれにも
しなやかにこたへる
明け方の　すみれ色の　外気になりたい

風に送って
どんぐりたくさん　あげませうね

——ベルがなる　　わたしを呼んで
　とほくに　　白い愛がゐる
　もしもし　　あたしです
　そちらは　　あなた？——

でもことばのやうに　時が消えるなら
消えないのは　これだけ
雨の日の　インクのにじみ

断片

＊

まひるの道に　氷屋のリヤカーののこして行った
何かみだらな　黒い一すぢの傷あと——
わたしを断ち切るのは　この濡れた長い汚点《しみ》
音高く氷をきざむ　鋸の硬い側面ではなく

＊

九月の風
季節が終り
季節が始まる

病んだ日射しのなかを　泳ぐ
木立ちは今も燃えてゐるのに
色どりのかげに　目にみえぬ

夏の凋落が
胸に痛い

＊

公園の夕ぐれに
こどもたちの白いシャツが　くらげのやうに浮かんで
ひばの緑が
しんと透けてくるとき

ふと　音の死に絶える一瞬
ふと　遠い海なりの目ざめる一瞬

＊

まだ　温もりをのこす　鋪道に
着くとそのまま　溶けるために
ただ　溶けるためにだけ
長い道のりを　舞ひおりてくる

日暮れがたの
かすかな雪

まつげにのった　ひとひらが
街の灯を吸って
七彩に
瞳にささる

　ああ　雪
　わたしの　視界の
　こんなきらめきの　ためにだけ——？

遺書

めくらで　つんぼで　おしにならう
ひとりぼっちの　しづかないきものにならう
差しだされた手を　差しだされた時間だけ

なでてゐよう　だまって

よろこびを感じるためには
かなしみも感じるといふ　代価が要る

かなしみを知らずにすむためには
よろこびも知らないといふ　代価が要る

いつも　かなしみの代価をはらってきた
よろこびが　好きだったから

あんなに

でももう　支払ひの力が尽きた
もう　何も知らずに　生きたい

　大きな太陽が　燃えながら
　きのふの屋根に沈んだ

かなしみを感じる　惧れのために

よろこびも　避けて通らう　しづかに
めくらで　つんぼで　おしになって

黒い夜に

わたしは駆けぬける　愛の間を
虚しかった　すべての間を

もう要らない　何も　かなしみさへも
思ひ出したくない　わたしが生きてゐることを
ああ　むごたらしい　凹みに　凹みに

わたしは虚しさの卵を宿した
虚しいものと　虚しいものとから
虚しくないものの　生れる筈があらうか

生きてゐる　かなしみ
陽が昇る

けふも風が吹く
よるがくる

もう　要らないのに
それでもわたしは　生みおとす　黒いよるに
血のやうに
黒い卵を

オンディーヌ

1964～1967

I

頬

あぢさゐいろのかほをして
あなたが死ぬとき

わたしは手をのばす
手はいつもハダカ
顔はいつもハダカ
手が顔にさはれないのは　何故

つめたい
われた頭から石膏のかす
唇から　白い粉のよだれ

もうひとりのわたし
わたしの死
わたしの罪
わたしの涙　にさはるのは
耐へられない　　でも

死なないで
といふときがこんなに
目もくらむ愛にみちるときなら
死んで

生れた瞬間から禁断されたものを
かみくだいて
そのための白い粉と
そのながれるための　頬

花火

けれどいつも
無意味な　兇暴な衝動によって
必死にあたため　ひたってきたものを
こはしてしまふ

人形の首をもいだり
愛さないひとに抱かれたり

線香花火の
しだれ柳のあと　じゅっと落ちるときの
火の玉のやうに

尾をひいた　血のかたまり
さうしてあとは
きなくさい　あたりのけむり

それから

眠り

黒い眠り黒い眠りまっしろな夢
まっぴるまのまっしろななにもない夢

紙

愛ののこした紙片が
しらじらしく　ありつづけることを
いぶかる

書いた　ひとりの肉体の
重さも　ぬくみも　体臭も
いまはないのに

こんなにも

もえやすく　いのちをもたぬ
たった一枚の黄ばんだ紙が
こころより長もちすることの　不思議

いのち　といふ不遜
一枚の紙よりほろびやすいものが
何百枚の紙に　書きしるす　不遜

死のやうに生きれば
何も失はないですむだらうか
この紙のやうに　生きれば

さあ
ほろびやすい愛のために
乾杯
のこされた紙片に
乾杯
いのちが
蒼ざめそして黄ばむまで
（いのちでないものに近づくまで）

乾杯！

死んだネグロ

欲しかったものが要らなくなるのは
つらいことです
欲しいものが手に入らないよりも
いらいらします

欲しがりたい
要らなくなると欲しがられる
わたしを要るなんてめいわくなことです
みんな向ふをむいててください

欲しがりかたを　思ひ出したい
うしろ姿をハダシで追ひたい
とどかないかなしみを手づかみでたべたい
ききわけもなく　地たんだをふんで

いまのあなたのやうに　さめざめ泣きたい
むかしのわたしのやうに

ホワイト・ネグロは　だめになってしまひました
なんだか突然
だめになって
毛穴から　水がみんなふきだしてしまひました

かうなると
あなたの涙が　わたしを脅えさせ
わたしの胃に　重くもたれるのです

あなたの影といっしょに
むかしの方角へ歩いて行ってしまった
なつかしいふるへ
ああ　ゆれてゐたさざなみの方へ
またたいてゐた灯りの方へ

電車

陽にきらめく　噴水はない
灰いろの屋根
と灰いろの屋根
のあひだの凹みに
落ちてゐた　赤いゴム風船
落としてしまったのは　わたし？
とりに行く通路が　ない

ゆめのなかで
わたしは　ひみつの地下道をいくつもくぐって
そとへ出る
やせて死んでゆくひとの
薬のなまへを　一生けんめいくりかへしながら

いつも　薬は間に合はない
間にあっても　役に立たない
ひとはぼろぼろにやつれて　死んでゆく

わたしたちには　お墓がないのね——

外出には帽子　東京帽子協会
愛には　誓ひ
死には　花束
を飾りませう

〈お急ぎください〉
といはれると
すぐにかけだす　善男善女

坐るやいなや　目を閉ぢて
その疲れた小さな眠りだけが
わたしたちの持てるぜんぶ
なのかしら

ああ　晴れた日でも
外出には　雨傘
愛には　挫折
死には　空白

を　用意しませう

それでもわたしは
誰もゐないコタツのなかで
たしかに　誰かの足にふれることがある
ゆかの上の
光の縞を
思はず　またいだりする

歩行

世界の重みとじぶんの重み
外側の重みと内側の重みが
一対一でつり合ふやうに
挑むやうに　拒むやうに
まっすぐにあなたは歩く
　決して　行列に参加するのでなく

ふとしたつまづきやよろめきの足くびに
みえない痛みをとらへながら
わたしが　あなたとつり合はうとするのは
あなたといふ外部《そと》との関係を確かめるためではない
あなたは　わたしの外部《そと》への窓口
わたしに代る特定の内部《なか》
わたしを顕はす特定の外部《そと》
わたしと世界との関係を確かめるための　わたし

しかも
だからこそ　あなたは
そのやうに歩かなくてはならない
　決して　わたしに参加しようとはせず

海

世界を　手もとまで　もってくる
のではなく

世界に　まぎれこむ　ことは
できないでせうか

薄明りのなかで　かへって
まぶたを　疲れさせ
きつく閉ざさせる　この
光の微粒子　のやうに

たとへば海
にしのびこみ　まぎれこみ
たくさんの船を呑んでは
そのあとの　波のやうに

そしらぬ風に　どこかの浜辺で
うすべにいろの貝がらを
三センチづつ　ゆすってゐたい——

質問

誓へない　といふことが
こんなにくらいすがすがしさだ　とは
知らなかったので
心こめて
図々しく　誓ってばかり

破る罪と　誓はない罪と　神さま
どっちが重いのでせう?

ほんたうに　まじめになって
誓ふまい　ときめたとたん
不まじめにみえてしまって

たとへば
キノコ雲　ができるのは
おそろしいことだが
もっとおそろしいのは

そのあとの青空だ

時がなめれば　どんな傷もなほる
そのかはり
どんな確信も
どんな誓ひも滅びる　と
確信していいのか
しないでいいのか

明日を押しかへして　誓ふことの
むなしい罪
けふ誓はないことの
痛い罪
どんな愛も――?

塔

あの人たちにとって
愛とは　満ち足りることなのに

わたしにとって
それは　決して満ち足りないと
気づくことなのだった

〈安心しきった顔〉
を　みにくいと
片っぱしから　あなたは崩す
　——崩れるまへの　かすかなゆらぎを
　おそれを　いつもなぎはらふやうに——
あなたは正しいのだ　きっと
塔ができたとき　わたしに
すべては　終りなのだから

ああ　こんなにしたしいものたちと

うまくいってしまふのはいや
陽ざしだとか　音楽だとか　海だとか
安心して
愛さなくなってしまふのは苦しい

崩れてゆく幻　こそが
ふたたび　わたしを捉へはじめる
ふたたび
わたしは　叫びはじめる

オンディーヌ

I

水
わたしのなかにいつも流れるつめたいあなた
純粋とはこの世でひとつの病気です

愛を併発してそれは重くなる
だから
あなたはもうひとりのあなたを
病気のオンディーヌをさがせばよかった

ハンスたちはあなたを抱きながら
いつもよそ見をする
ゆるさないのが　あなたの純粋
もっとやさしくなって
ゆるさうとさへしたのが
あなたの堕落
あなたの愛

愛は堕落なのかしら　いつも
水のなかの水のやうに充ちたりて
透明なしづかないのちであったものが
冒され　乱され　濁される
それが　にんげんのドラマのはじまり
破局にむかっての出発でした

にんげんたちはあなたより重い靴をはいてゐる
靴があなたに重すぎたのは　だれのせゐでもない

さびしいなんて
はじめから　あたりまへだった
ふたつの孤独の接点が
スパークして
とびのくやうに
ふたつの孤独を完成する
決して他の方法ではなされないほど
完全に
うつくしく

Ⅱ

わかってゐながら
わたしのオンディーヌ
あなたの惧れたのは
別れではない
一致といふ破局

ふたつの孤独が　スパークせずに
血を流して　流した血の糊で溶接されて
ふたりともゐなくなってしまふ
完全燃焼
のむなしい灰

そんな一致があるものか　といひきる
異常な敵意
そんなに世界に深入りしたくない
と駄々をこねるのは
あなたの靴が破れてゐるからでした
水をひどくこはがった　泳げないオンディーヌ

愛につかまりたくないと
斃れる前のシラノのやうに
無茶苦茶に宙を斬ってゐた
あなたの剣
のもろい刃

さうたしかに

もっと適量の愛といふものも　あるのですよ
じぶんのぶんを
ちゃんとのこして
苦しまないで
だからゆるします　決してゆるせないあなたを
月明りの浜辺に
立ちすくむわたしをのこし
ふるへながら　もっとたやすい愛の小部屋へ
逃げていったあなた

Ⅲ

――わたしがあなたのなかでわたしにならうとするとき、あなたの手足がじゃまになったことはほんたうです。わたしの手足も。でもあなたの心はわたし自身なのです、さうなる筈だがなれなかった、そのために嫉妬してゐるわたしの心なのです。なぜわたしが手足をふた組ももたねばならず、なぜあなたが心をふたつももたねばならないのでせう？　しかも時には、心をふたつもってゐるあなたが手足についてとり乱し、手足をふた組もってゐるわたしが心について間違へるのです。この乱れを共有することによってわたしとあなたはますます傷つけ合ひ、無限に近づきながら無限に遠ざかってしまふのです。

——そしてしだいに、何ものかがわたしたちの闘ひをかぎつけました。もう、わたしたちの白い壁のへやにわたしたちはゐない。ふたりはあちらの入口とこちらの入口にそれぞれ立って見張らなければならないのです。いつも身構へて。からっぽのへやの中のふたつの吐息が、決してひとつにならないために。

——じぶんの手がそんなに簡単に他人《ひと》の手になってしまふことが許されるかしら。じぶんの匂ひと他人《ひと》の匂ひを間違へたり、ひとりが喘ぐともうひとりも喘いで。……あなたがさびしいと呼ぶ、その堕落が愛なのです。青い火花。そのあとの暗やみ。透明な心の核に不透明な芯があって、それが涙と汗でつるつるすべるからだです。カーテンの細いすきまから夜風といっしょに入りこんでくるのは、打上げ花火のシュルシュルと、こんなにも執拗な、愛そのものへのわたしたちのおびえ。

Ⅳ

オンディーヌ
きみの愛は心　ぼくらはそれをからだでもする
ぼくにきみのからだのうろこがみえなかったやうに
きみにぼくのからだの裏切りはわからなかった
きみはぼくの腕のなかで悦びにをののきながら
まるで透きとほるほど　心そのものになってゐた

オンディーヌ
きみのみつけたハンスはぼくではない
ぼくの告発したのはきみの愛ではない
ぼく自身
きみの愛に耐へられなかったぼく自身だ
さやうなら　オンディーヌ
きみはゐなかった
はじめからやり直すことなんかできない
ぼくは死んでしまった
ぼくもゐなかったのだ
きみのことばがきこえたときから

ぼくの裏切りより早く

死より早く
ぼくを燃えつきさせ
あとは勝手にころしてくれればいいものを

あんなにももろい錯覚の保存のために
ひとときを　何とかして永遠に似せるために
囚はれの　〈時〉といふアミのなかで
かたくなにだまる　きみはばかだ

V

あなたとならんで
夕ぐれの海をみたとき
水が怒ってゐる　とあなたはいった
にんげんたちの切り刻んだ　渚
砂になだらかに消える筈の波が
せきとめられ
コンクリートの岩のあひだで　渦になって
膨らみ　くぼみ
くらい唇をふるはせて　荒々しく空気を呑む

水のやうに
わたしたちも怒った
王様の鼻のイボの話はもうよさう
いちばんだいじなことばを　歯のおくに噛みつぶして
わたしたちは　いつもたくさん間違へる

にんげんをたべてはいけません
ハムならいい
と　にんげんたちがいふやうに
魚をたべてはいけません
虫ならいい　といふ
あなたもただの可愛い魚だったの？

Ⅵ

救ひの声が三たび　ひびいて
あなたはあまりにおだやかに　すべてを忘れ
〈永遠〉にかへってゆく
水の底で　あなたのしぐさが

いつかの　何かに似てゐても
どうしてそれが気休めにならう
限りあるわたしたちにとって——

ああ　あなたほどにも時間がない
いつも　呼び声はせきたてる
しかもわたしたちはそれを合図に忘れたりできない
透きとほって蒸発することなんかできない
あの声はわたしたちを救ってくれない

さやうなら　オンディーヌ
あなたの名はすでに二度呼ばれてしまった
ハンスのいった通り
語りあふか　くちづけか
いま　唇は選ばなければならない
さうして　確かにのこることは
最後の十秒を
くちづけのために黙ったこと
それだけ

Ⅶ

あなたと　境内の水辺にゐた
濃い霧に似て
池のうへを　ゆっくりと
落葉たく煙がながれる

岸は灰色にくすみ
水鳥の白もくすみ
鯉たちのまるい口から
つぶやきのやうな　泡がはぜる

オンディーヌ
こんなさびしい愛しかたしか
にんげんは　知らないのです
さむい茶店の縁台に
対ひあって　おでんをたべ
濃い霧に似た煙のすぢの
はってゆく　行方を眺める

おみくじは　二枚とも凶
かたちなき愛は　失はるべし
かたちある愛は　罰せらるべし

Ⅷ

わたしのなかにしか棲まなかった
わたしの病気
オンディーヌ
遠い森かげを　いつまでも
ひそやかに
せせらぎにまじって　月よりも白い
あなたの　思ひつめたはだしの
足おとがする

さうして
つひにその姿が見失はれたとき

驟雨！

あなたはまた
ネオンサインに照らし出される
白い無数の槍となって
するどく　わたしを洗ひにくる！

Ⅱ

子守唄

もう
ねむりながらほほゑんだりすることは
できないかもしれない

生きることが　好きだったのに
たった三十年で
突然　あきてしまった

なぜ生んだ　とひらきなほる
不満だらけのにんげんに
ゲンバク反対ができるものか
と思ってゐました

さて
じぶんの分だけあきてしまっても
ひとのいのち
ひとの倖せ　を
いのることはできるかしら

これからの〈世界〉を　やさしく好き
これからのわたしだけ　煩はしいのです

子よ
十年後のおまへたちの上　陽はうららかに
十年後のおまへに　わたしが要らないといいのに――

泣くとすれば
よっぱらひに抱かれてほほゑみつづける幼な児のため

ほほゑみつづける幼な児を抱いたよっぱらひのため

釣 I

あれは何だらう　湾の入口　堤防の突端あたり
夜空を截って走る　ひくい流れ星は

にんげんたちは　もう
じぶんの殺す一匹を通じてしか
魚を　自然を　世界を
愛せないのだ

夜光塗料をまとった星は
それ自体　発光しながら
いぢらしくも　華やかに
にんげんの抛物線を描く
いけにへとの　隠微な対話のための
ひとすぢの糸をひいて

世界の
両端でたしかめあふ
このふるへ　かすかな手ごたへ

わたしもまた　夜の海へ何ものかを投げる
あなたといふ一匹を釣りあげて　殺すことが
わたしの愛だ
さうして
闇からきりとってゆくこの小さな孤の中が
これが　これだけが
わたしのものだ

釣 Ⅱ

おまへとわたしとは交流した
水の上下で

とった魚は食べなければならない
わたしに釣られた魚よ
おまへを食べなければならない
おまへののどの軟骨を破って
串をさし　焼かなければならない
少くとも
おまへが砂の上で乾からびることは間違ってゐる

たべられない愛を釣ってしまったら
針のまま
海へもどすのだらうか

少くとも　愛よ
おまへが砂の上で死ぬことは間違ってゐる

わたしの針をつけたまま
終りまで
泳げ

風

犬が吠える
風が鳴る
こんや　車は通らない
にんげんにともだちはゐるか

にんげんに　ともだちは要るか

卵をうんだことのない小さなめんどりと
ひよこが二羽
別々のところからきて
いっしょにくらして
別々に死んだ
めんどりはねえさんぶって羽根をひろげたまま
のこされるものを抱きつづけようとしたまま

紙の上を　かさこそと
さむくなくてもふるへてゐた

色うすいひとにぎりのいのち

ひよこでさへ
さびしさによっては死なぬものか
猫や　寒さや　たべすぎによってしか
死なぬものか

にんげんのひとりひとりが
ほんたうにさびしがれるか
さびしさによって死ねるか

それでも　風のなかを
あ　車が通る

（わたしの指に
死んだひよこのうすいふいんが　まだついてゐる）

鎖

愛が　思ひがけなくくらいために
わたしのとほってゆくのは
まちがひなく
夕ぐれの道
夜への道だ

それなのに
天気のいいデパートの屋上から
わたしをよび
わたしをひっぱる
小さな力
のおもい鎖

何もいらないのではない
むしろ闇が
捨てることでしか果されない何かがほしいのに

おもちゃの汽笛がなりおもちゃの象がとび
アイスクリーム　おでん
ふんすい　箱庭　きんぎょ
ああ　きんぎょ

キュッと車がとまって助手席にこどもがのってゐて運転する父
親はにこにこして黄いろい帽子の行列をとほしてせんせいたち
はにこにこして行列のばんをして果物やのりんごが光ってゐて
銭湯帰りの若者が手拭ひを肩にひっかけてのどかにつり堀の窓
をのぞいて　春

よほど不遇な愛だけが
ひるま　しほたれて

花

さうして　花は枯れる
枯れたあとの　うすい影から

何かが立ち上って　あゆみ去る

干からびた植木の鉢に
夜ふけ　突然　気がつくと
つまづきさうにあわてながら
水を汲んでくる
水を吸ふと
土にしみこんでゆく音が　ぴちぴちとする

雨のふる戸外から
雨のふらない室内へ　花たちを
あたたかい水から
あたためた水の中へ　魚たちを
気まぐれにつれてきて
きれいね　をいふけんりが　誰かにあったか

もぐらよ
よるのなかから　ひるのなかへ
おまへをつれてきて
いたいたしく曝すけんりが　わたしにあったか

さうして　花は枯れる
枯れたあとの　しろい土から
おまへが立ち上って　あゆみ去る

死んだもぐらよ
いま　おまへのながい喪があけて
わたしのながい喪にはいる
灰皿のなかで　わたしの髪の毛がこげる

追放

I

わたし自身から
その孤独から
そのがんじがらめから
解き放たれることを

ほとんど
あきらめるほど　熱望したので

もう　腹立たしさや
さびしさによって泣かない
ないものねだりによって泣かない
ひそやかに　控へめに
わたしは　わたしであることを詫びながら
うづくまって待ち
なほさしのべられる
世界の　あなたの
不意のやさしい抱擁にこそ　涙ぐむのだ

そのひとときを信じる
そのひとときに溶けさることの正しさを
信じる

額は少し曲ったまま　何年も壁にかかってゐる
いつも　それを眺めて眠る
決して歪みを直さうとしないで

そっと　何もかもそのまま
カーテンの陽灼け
石膏の頬の傷
わたしのまはりで　荒れ果ててゆく部屋

一本の糸を破ってそとへ出ても
帰ってくるまでの短い合ひ間に
くもは　次の一本をはり終る
同じ場所に

執拗に
さう　まるで
蠟燭をともし
花嫁衣裳をつけて花聟を待つ
気の狂った老婆のやうに

わたしは　あなたの抱擁を待つ
わたしのゐない人生を待つ

Ⅱ

日付けによってではなく
絶望の度合ひによって
並べかへなければならない
けふのわたし
きのふのわたしを

さうして　だんだんに　ランプのやうに
いのちを　ほそめ
疲れた眠りを　かぶせればいい

でなければ
〈終り〉が　にんげんに
耐へられるものである筈がない

突然　また欲しくなったり
また要らなくなったり
また懐かしがったり

駄目駄目
もっと目を閉ぢて
もっとゆっくりと首をふって

Ⅲ

ああこのうつくしい夜や朝から
わたしを追ひ払ってしまひたい
つまり
わたしから　わたしを

空には　風と小鳥
それなのに
暗い穴にもぐってゆく　わたしの病気

かうして
ひとつのベッドへ戻るためにさへ
しのび足をするのは
これ以上
世界を傷つけたくないためです

わたしの足音で
暗がりのなかに浮かぶ白い花びらも
はらりと　散るのです

じぶんの部屋に入るために
何枚の花びらをふんで　土にめりこませ
じぶんの眠りをとり戻すために
どれだけの酔ひしれた夜
どれだけのやさしい眠りをふんで
日常に　めりこませなくてはならないか

知ってゐるのです
だからせめて
しのび足で　わたしは眠り
しのび足で　見知らぬ朝に目覚めたい

やさしい人たち
うつくしい日々　ゆるして下さい

どうか
わたしのことは
あきらめてください

モンキー・ダンス

踊らう　サルのやうに
サルばんざい　にんげんゲラゲラ
精神病院の時計の秒針が
チクタク云はないなんて
流れるみたいに廻るなんて

こぼれてゆく
こぼれてゆく
〈いま〉がこぼれてゆくことを
まだほほゑめないし　もう泣けない
踊らう　病気がおもくなる
あんな秒針をみてゐると

サルは病気になんかならない
サルばんざい　にんげんぐずぐず
にんげんてやつは　踊りもしないで
踊りをみたり　時計をみたり
よびかけでも
問ひかけでもない
こころなんてなにもいらないわたし　たち

踊らぬ阿呆たち　踊れ踊れ

傷痕

ガラスの　傷
いく針か縫はれたあとの肉のやうに
ふるびたセロテープに十文字にかがられて
硬直する

傷つけながら砕ける筈の一生を
無器用に　終り損ねて
自ら傷つき
傷つけた手に復元されて
不具の姿をさらす
そして言ふ
こんどこはすなら　粉みぢんに　と

ああこの
裂けた肩　ちぎれた腕は
何ものでもありませぬ
こころが重すぎて
わたしに　肌の痛みはわかりませぬ

それよりも
あなたのその
かすかに血のにじむ指さきは
その痛みは
その重みは

なまじ見える　そして
もう死ねないことが　苦しい

ひき潮

月の引力が
こんな大きな海をひっぱるほどなら
月夜には　わたしたち
すこしづつ　かるいのかもしれない

さっき水平線にゐた巨きな赤いもの
あれはちがふ
あれは沈んでゆく太陽だった
月がどこかにゐる
どこかうしろに　ほんとの月がゐる
もっと小さな　蒼ざめた顔で

でも　月はみえない

この岩かげに
夜光虫が星のやうに光るのは
たしかに　月の反射ではない

くもり夜に
こころは　星およぐ水の中におとし
みえない月にひっぱられて
足のさきから　ゆっくりと
わたしのひき潮

まるで　内臓までがらんとして
まるで　ないみたいに
血も肉も

発車

こはれた目覚し時計のやうに
もう　ながいこと

わたしのなかで
発車のベルが　なりやまない

柱の傍らに化石して　ボタンを押す
不きげんな車掌は　わたし
うすぐらい座席の隅に目をつぶって待つ
不きげんな乗客も　わたしだ
発たう　青い海辺へ
囚はれないひとりの空へ
屋根々々の　夕ぐれの
このまとひつく風景を　捨てて

発たう

ただ　あのベルがなりやんだら――

Ⅲ

翔ぶ

血が出たら
血が出たら救はれるのに
と　あなたが泣いても
にんげんの歯で
にんげんの皮膚は　破れない

傷の深さが
愛の深さのやうな気がするのです

にぶったいのちを切り裂く
するどい刃ものが欲しい
生のクライマックスとしての死
に憧れながら
わたしたちは　眠りに疲れるだらう

やさしさなんて　こころぐるしい
みえない空にうつる
あれはわたしの影かしら
むかしのひきだしから
うつくしい小型のぴすとるがでてくる

光る金属の　飛翔
こんなに　つぎはぎだらけで　とぶ
エネルギー全力ふんしゃ
エネルギー全力ふんしゃ
応答せよ　夜　応答せよ　夢　応答せよ
なつかしいものにむかって　突入
わたしの寝汗

いいえいつもここ　わたしの手の下
この小さな閉ざされた愛のなかにゐてさへ
宇宙がわたしを襲ふ

重すぎる愛　といふ
ひとりひとりの十字架もなしに　何ができよう
肉だけが昏《くら》い

影

魚はゆれ　魚はかさなり
天井の平べったい海を泳ぐ
消してやらう　灯りを
影　おまへたちを解き放つために
そしてわたしを

闇は部屋よりも大きくなり
大きな闇に　落ちてゆく　触れる
わたしはよろこび　わたしはかなしむ
ふるへながらふれるわたしの手の
ふれられてふるへるわたしの肌のあることを

もうどこへも自由に還ってゆけない
この闇のなかの宙吊りから
生れるまへの暗がりの
やさしい宙吊りにさへ　飛べない

ふるへることを拒むもの
拒むことをかなしむもの
のためにかなしむわたしの手

こころもなくて肌もなければ
何があるのか
何がこの闇のなかに透けるか
ああ　あのかすかなみえない光源によって
わたしの影は果して濃いか

濃いか

うつろな眼
うつろなうつぼの穴
歯　歯ぎしり
何故　何故
くらい鏡にうつるくらいけものは誰

溶けたナメクジ　ハサミのないカニたち
咲かない花
裂ける花
肉いろの収容所
折り曲げても折り曲げてもなくならない
わたしたちの表面積

花のやうに裂けて
わたしを覆ふ　闇の唇
世界よ　うつくしい吸血鬼よ
純白のシーツが
愛が　血に汚れる

ベッドから毛布が落ちる　いえ　落とす
魚の幽霊が　わたしの幽霊を噛む
とどかない
わたしののばす手は
けふも世界にとどかない

夢からの逆流

えのきだけみたいな赤い糸が
下から上へ降ると
裏ごしの裏にたれさがった　きれぎれのほそい化石に
ちりが　なほ　静かにつもる

うっすらとほこりをかぶって
眠らうとするこころが
しかし　突然
ありありとみてしまった　まひるのまぼろし

嚙むことを拒むために
歯を抜き捨てようとするひとの
頬をはさまれ
重い行為を口いっぱいにねぢこまれる
屈辱の　無惨な残像

欲しかったのは
一本の歯ではない
一本の指ではない
そんなものではない！

死んだ狼はまた死んだ　たぶん　今だ

歯医者のペンチは緑いろに光る
カラー・ネガ・フィルムの

夢をさへおそれながら
血のいろの糸をひきずって
逆さまにすべり込む　よるの入り口

沈黙

I

さうですか
あなたもこの檻にきたの
あなた　叫ぶあなたを黙らせてください
まだ勢ひよくもがいてゐますね
抗らってゐますね
いいえ
目を伏せて耐へつづける姿しか
ここではあり得ないのです

拷問は毎分　毎秒
そして毎日
毎日を　毎秒を生きのびることの苦しさを
あなたもいつか知るでせう
朝ごとに　目ざめるのが恐しい

ああ　あなた出て行ってください
あなたがゐると
わたしの悲鳴が　わたしの耳にきこえてしまふ

叫ぶことが抵抗ではないのです
歯を噛んで
折れるほど噛んで
黙り通すこと
口を割らないこと
決して〈苦しすぎる〉と
〈要らない〉と言はないこと

激しく耐へること
それがこの檻の愛です

Ⅱ

血が流れた　だけではない
花でさへ　わたしを犯した
花びらではなく

その茎によって
美しくではなく
みにくく

花は最もみにくく死ぬことを強ひられ
わたしは最もみにくく生きることを強ひられ
そして犯されながら　犯しながら
花とわたしは　死にながら　生きながら
一つの証言のために　祭壇にのぼった

それでも　生きてきたのは
犯されることを選んできたのだ
あまりつよい生《いのち》をのみすぎたので
今は　わたしは血へどを吐く
わきの下をいつも冷たい汗が走る
散ってゐる菊の白い花びらが
赤黒く染まる
もう　犯してさへくれないので
選ばなかったなみだにまみれて　今は
みにくく　わたしも死ぬ

Ⅲ

わたしは　空に溺れる鳥
水に溺れる魚です
なんどもさよならを言ってきましたが
こんどこそ生きかへらない　魚

わたしは　底なし沼に沈んでゆく泥亀です
さよなら　さよなら
救けて　救けて　ともまだ言ってゐます
手をのばして　あがいてゐます
でもおまへではない　おまへにはひっぱれない
ありがたう　小さな息子よ　でも
おまへのほそい腕には
重すぎるのだよ
この泥が

屑

失ひつくして　もうないと思ってゐたのに
きのふ失ったぶんが　また減ってゐる
目覚めを　わたしはもう要らない

　一日一日　そぎおとされてゆくこころ
　削り屑のやうにたまる悔恨

にぎりしめてゐた指を　一本一本
たしかな速度でこじあけて
何かを　奪ひ去ってゆくものがある
背なかと　しめった土とのあひだに
黒いこほろぎがしのびこむ

何故　あの時すぐに
こなごなに壊してくれなかったのか
エネルギー箱をはずされたロボットのやうに

わたしの残骸は横たはる
裸で　しかもくさらない金属で
失ひつづける部分品だけはまだあって

虹

どうしたことか　雨のあとの
立てかけたやうな原っぱの斜面に
ぶたが一匹　草をたべてゐる
電車の速さですぐに遠ざかった
（うしでもやぎでもうさぎでもなく）
あれは　たしかにぶただったらうか

気づかずにすごす　奇妙なけしきが
きっとたくさんあるのだ
〈間違ひさがし〉の絵のやうに
とさかのないにはとりだとか
足のあるへび　足のない机

こころのない人間
抱擁のない愛――

いま　わたしの前に
一枚のまぶしい絵があって
どこかに　大きな間違ひがあることは
わかってゐるのに
それがどこなのか　どうしてもわからない

消えろ　虹

DRUNK

コップ一杯の海水をのみほし
ジーパンのすそをびしょぬれに
浜にあがると
すぐにつまづいたのは
酔ってゐたためではない

入江の向ふの　誘惑のまたたきと
寄せてくる悔恨の波とから
わたしは　逃げたのだ

鼻血がつたふ　石を抱いて眠る
このまま眠る
このまま眠る

じぶんの血の生あたたかさに
やっと安らいで
はじめて　わたしは酔ふ

ながい眠りの入り口に
暗い海鳴りに
そよ風に
はじめて　石はやさしい

不在証明

ベルが五回なって
切ってしまった電話
誘拐犯人のやうに
闇の中で　片頬をゆがめて笑ふ
永久に　わたしからとは証せない電話
（わたしは　むなしさの手ざはりが好きだ）

ベルの向ふに　のばされた指先が
あと何センチだったとしても
わたしは言ひ張れる
わたしではなかった
五つのベルを耳にあてて息を殺してゐたのは
わたしではなかった　と

＊

ベルがなる

ベルがなる　暗い部屋に
果されない愛が　わたしを呼ぶ
（たぶん　果すことこそむなしいのだ）
わたしは出ない
わたしはこたへない　決して

迷ひより早く　終った呼びかけが
どこに　反響しつづけるとしても
わたしは言ひ張れる
わたしはゐなかった
ベルを数へながらベッドの上で息をひそめてゐた
わたしはゐなかった　と

鞭

I

裏切りをください

もっともっと
傷をください
鞭をください

おなじ顔　ひとつの愛を
ふたりでもつわけには　どうしてもいかない
おなじ花をみて微笑みあったり――

愛が微笑みである筈がない
苦しくない愛などある筈がない
わらってゐる幼な児をみてさへ　ただ苦しいのに

（傷つくことでしか確かめられないひとと）
（傷つけることでしか確かめられないひとと）
ゆるされすぎてくるしいのなら
もっとゆるすから
もっとくるしむといい

奪ふのだ　つきのけて
奪ひ合ふのだ

ひとつの愛を
相手にだけはあきらめさせようと
裏切り合ふのだ
血を流して

争ひをつづけるため
永遠の奪ひ合ひに勝ちのこるために
裏切りをください
わたしが　決して
あきらめないために

Ⅱ

ああ　裏切るもの
その確かさによって
誠実によって
蒼ざめながら裏切るもの
目のかたちをしたプリズムに
七いろに彩られ
ある日ふたたび　よみがへる歴史

突風に　窓ガラスが
いっせいに無気味にはためく
この音の向ふからのやうに
やってくる
たくさんの
記憶

裏切るもの　愛によって
裏切ることを裏切るもの
遠くから風にのって吹きつける
かろやかな　むごい影たち　顔たち
そのうつくしさによって裏切る
裏切りによって尚
別れによって尚
うつくしく完成されようとするもの

ああ　別れ
死のやうに甘く匂ふ　絶望の誘ひ

まだ泣きながら

踊りながら
わたしはもう　生きてゐない
あんなに何度も殺したのに
あなたはまだ死んでゐない

Ⅲ

たうとう
〈あなたでなければ誰でもいい〉
とあなたは叫ぶ
〈だから　裏切られるのはあなたではない〉
と――
怒りに似たかなしみなのか
かなしみに似た怒りなのか
何故　そんなにもはげしく　否定にしか賭けられないのか
それほど大きなチップスを投げ捨ててまで
何故　ぎらぎらと憎んで立ちふさがるのか
うしろ手に　孤独をかばって

わたしであることへの　ないことへの

あなたであることへの　ないことへの
似てゐることへの　似てゐないことへの
肯かないことへの　肯くことへの
果てしない不服と　攻撃
そのかがやきのために
わたしはたしかに受けとめる
憎しみと同じ重さのかなしみを　やさしさをさへ
そして　傷ついた獣のやうに
じぶんもうなりながら
いちばんしみる　熱い唾液で
わたしは　あなたの怒りの傷口を
なめてもいい

0《ゼロ》

あの夏から
すでに死ははじまってゐた
強い陽ざしの　歯こぼれのやうに

雨がしのびこみ
独りの病菌がまかれ
腐蝕は　はじまってゐた

幼な児が最初に覚えたことばを
そのまま真似て
堤防の上から海に投げつけたあの夏
〈ナァイ！　ナァイ！〉と
黒い海ねこのやうに啼いた夏
すでにさうだったのか
すでに0《ゼロ》ははじまってゐたのか
（少くとも
1＋0＝1　だった？）
（いいえ
1×0＝0　だった――）

ひどく近い灯りが　またたいたのは
ぽつんと浜に立つ電柱の　すぐ手前に旗があって
その旗が風にはためき
せはしなく　さへぎってゐたのだ　光を

終りははじまってゐた

心のわれめで　腐蝕はすすんだ
雨だれの音と　世界とが
一歩一歩遠ざかった
あき缶の底の金いろの反射を
もう　太陽と間違へたりはしなかった

今や0《ゼロ》は果実のやうにずぶずぶに熟れる
心も　肉も　匂ってくる
じぶんで　その饐えた匂ひをたのしんでさへゐる
もう　近づいてゐる
終点は目にみえてゐる
熟れはてて　つぶれるだらう
そしてもう　ほんたうに生きることはやめるだらう

ほんのいく夏か前　ほんたうに生れたのに
再びあの衣を着けるだらう
からっぽの微笑み
幸せに似た静かな明け暮れ

もう腐らないハク製の果物　そして
遂に完成する
〈ナァイ！〉
（つまり　死の実在
$0 \div 0 = 1$　？）

昼顔

1967〜1972

I

復活

死ぬまいとして愛を殺す　これは自衛だ
あなたに向けたぴすとるは　わたしの心を狙ってゐる
罪の熱さと　罰の冷たさで
わたしにひびが入る　そこから割れる　べきだ
嘘のやうに穴があいて　たぶん静かにひろがる　死
世界のしたたる音が遠ざかり　そのあとの
ながいながい独房　の窓に　もしかしたら
静かでない死　燃える死　燃える生

雨のなかで　じぶんの汗にぬれながら巣かけるくもの
ぬりつぶしてゆく　せばめてゆく　光る0《ゼロ》の楕円

独房

内側を赤く塗られた白い灰皿
そこに半分ぐらいたまってゐるのは
ない血だ
ジュッと　ないタバコの火を消す

ないホットドッグに
辛子と血をつけてたべる
まるでケチャップのやうにすっぱい

傷のない愛などある筈はない　だが
愛はないのだから　傷もある筈がない
ない空にない風船をとばした罪
ない恋人を抱いた罪

半分が終った

さうして残る半分は
わたしがそこにゐないことを
証明するための時間だ
とどかなかったナイフは　ない
傷はないのだから　わたしは　ない

ない恋人を刺した罪　は
ない独房で罰せられ
看守の眼をぬすんでひろげた　ない紙に
赤インクで　痛い文字を書く
赤インクだけは　ふしぎと
いつも　ある

兇器

溶かしたくない

溶けたい

吸ひこみたくない
吸ひこまれたい

殺したくない
死にたい

でも殺したい
溶けるために

ああ　血　ぴすとる　ないふ
わたしの持てないたくさんの兇器
ことに刃もの
のしろい光

つきたてたい　世界に　すべてに
つきたてることによって加はりたい
吸ひこまれたい　とどかないすべてに
つきたてることによって殺されたい

いま　血を流す雲のまへに立って
血を流すあなた
わたしの持てないたくさんの　　死

犬

もう
罪は憧れでなく　おそれだ
たぶん　それだけ
わたしは罪に近づいたのだ

〈よろこび〉といっしょに
〈よろこび〉と同じ顔をした
二匹の双生児《ふたご》の犬のやうに
わたしは〈罪〉をひっぱって散歩してゐる
いいえ　ひっぱられて散歩してゐる
三ツ児のなかの　三匹めの犬だ

独房も　刃物も
夕焼けのやうに焦げて
わたし自身が　錆びたナイフとして残ると
もう
赤い月が怖い
じぶんの血が　他人《ひと》の血がいたい

蒼い真夜中の藁に折り重なって
犬小屋の　三匹の
生あたたかい眠りがいい

吐かせて

くろいくちびる　くるほしいくさむら
ちちいろのちぶさ　ちのいろのちくび

いろはにほへど　ｎｏｔｈｉｎｇ

あさきゆめみて　ｎｏｔｈｉｎｇ！

直立する　たての重み
横臥する　うすい重み

——笑ひ声

撃つ
狡猾の硝煙の　にくしみの薬莢の

吐く
胃のなかのにがさ　めのなかのからさ

さうして？　さうして出かけるの？
やま？　それとも水、どこか水？

わたしはただ　月に小石を投げ入れただけ
ぶたの死ぬのをみてきただけです

昨日はあった

今日はあるのか

邪魔な目かくし
ひらひらする手を唇をひっこめて

世界をおくれ
まるごとガブリ

ひっこめないのだなどうしても
よろしい　では

わたしは
狂ふ

通過　I

傷はぜんぶ
なぞってもらった

あたらしい傷になった筈だ
火が　火のあとを
刃が　刃のあとを消せるものなら

去った日々は　もう　いたまない
わたしはたくさんのことを忘れた
トリスバーのメンデルスゾーンも
小さな部屋の青い祭壇も
野蕗の道の蛇も
月が照って　海が荒れてゐた夜も

いま痛むのは　けふの傷
わたしの野蕃な　神聖な儀式

そしてこの言葉こそ
ふるへながら
盲ひながら
かすれた点字をなぞってくれた
あのやさしいひとにきかせるための
やさしい嘘だ

通過 Ⅱ

白いピアノと　壁のらくがきと
焔のゆらめきと　ワインのなかで

ゆれながら形をととのへてきたのは
ある　おそろしい妥協案
こんどこそほんたうに世界を裏切る
みにくい堕落

すべての偽りを責めた指　を
じぶんで切り落さねばならない
書いたそばから燃やす手紙を
ふたたび　書きはじめねばならない
ひきかへに　なつかしい針の山

〈えんまさまの前でも嘘をつく〉約束

ただそれをにんげんとしたために
死にもしないうち
十日もたたぬうち
あっさりと　舌を抜かれた

通過　Ⅲ

わたしといふ熱心な観客が去ってみると
しらじらとした舞台装置だった
終る　といふことの呆気なさ

どこかに　あの瞬間《とき》とまったきりの時計がある
それはたしかだ
わたしは悔みたくないので
悔まない

朝の雀がさへづりはじめる

突然　わたしは理解する
罪人の首をはねたあと　それがわらったといふ伝説は
たぶん　筋肉の弛緩にすぎない

あの瞬間《とき》死んだわたし
そのあとのけばけばしい自殺

朝の雀がさへづりはじめる
わたしの首は　やっとわらってゐる筈だ

通過 Ⅳ

山の　高いところに
ぽつんと一つ　灯がついてゐるのは
人が　あそこにもゐるのだ
泣いたり　笑ったりして

幸せは罪ではない

もう長いこと
夜の海をみても　心が騒がないのは
不幸でなくなった証拠だらうか

幸せは罪ではない
どんな不幸とひきかへの
どんな幸せでも

熱病が失せたので
ほんたうに　やさしくなれたのかもしれない
海がくるしくないほどに
知らない人たちがなつかしいほどに

あそこからみて
この浜辺にも　ぽつんと
灯がともってゐるのかもしれない

通過 V

時の重さが
思ひ出の量で　きまるとしたら
〈いま〉はいつも
いちばんかるい

身の廻りには
ずっとたくさんの材料《もの》がある
四角いハムとか
ふすまのしみ

朝のくしゃみ
猫との会話
しゃぼん玉
ほろにがい幸せの材料たち

ひとつだけ　ふべんなのは
そのなかにゐると

すべての〈もの〉が
まだ　思ひ出にならないことだ

通過　Ⅵ

わたしから　こころが溢れる
たぶん
小さくなったために
大きなものがもてるのだ

もう　うたふ必要がなくなった
わたしはつひに通過したのだ

うたふことは
薬を塗る作業だったのか
傷をかきむしる作業だったのか

アルビノーニと

朝のリンゴ
にんげんはうつくしい

かりに　日常が
夕やけと　湯気と　愚かさであれば
それもいい
ながい　むなしいたたかひのあとと
リンゴの完結と――

すべてが終るとき　ほんたうの大きさで
わたしは　みるだらう
世界を

Ⅱ

ある夜

雪はふる
雪はふる
とアダモがうたってゐた
雪はふってゐなかった

くるみ色の灯りと　小さな窓と
雪はふってゐた　そのひとのなかに

そのひとは泣いてゐた

雪がふってきた
わたしの暗がりのなかにも
むかしふったきりの
ゆっくりと
たえまない
傷にしみる雪

そのひとはとほくで泣いてゐた
わたしは　わたしの暗がりで
レコードをわる

告白が

告白が終った瞬間から
十字架は　あなたにうつった

〈さやうなら〉と　何度言ったか
〈こんどこそ〉と　何度言ったか
さうして　何度
むなしく　にがく　間違ったか——

　コップを砕くのは
　はじめてではない
　赤い文字書くのも
　はじめてではない！

いくつもの　くるしい別れを
すませてきたのは
終りのないはじまり　を
まだ信じ
探しつづけてゐたからだ

〈こんどこそ〉に賭けるたび
〈さやうなら〉をいけにへに捧げ
だんだんに
いけにへは肥り

神さまも肥り
わたしだけが貧しくなった
たったひとつのこされた　おそろしい貢ぎ物を
あなたは暗い瞳《め》で　ぢっとみつめる

さう　あの十字架もあなたにうつった
これからは
わたしの罪で　あなたが罰され
わたしの傷を　あなたがいたむ

――終りなく　それがはじまる

距離

わたしはあなたをおそれた
あなたの無垢を

もしわたしが　ひとつの錘りであるなら

はなればはなれるほど
秤りは　かしぐだらう
あなたの重みに
わたしの重みがつり合ふためには
何センチメートルの　息ぐるしい距離がゆるされるのか

けれどもし
皿の上に　こころをのせてしまったのなら
肉体は
竿の　とほい先端まで行かねばならない
（隣りの部屋には
　青い蠟燭がともってゐる
　わたしをしまひこむ　一枚の毛布がある）

わたしを　燃やしながら去勢してくれる
コップ一杯の　やさしい液体に
わたしは祈る
均衡の　破れる瞬間
こんなに　ふるへながら静止する　世界の

音たててはじけとばうとする瞬間　を
どうか　やりすごしてほしい
わたしの狂気ほどにも　重い
あなたの
無垢のために

誕生

――夜の　深い　淵から
百合の　くらい　血が　匂ふ――

雪の上に仆れながら
猟人《かりうど》をゆるす獣のやうに
殉教のやうに
あなたは　傷をのみこむ
こんなみすぼらしい

むごたらしい冠に
しろい額をさし出して
あなたを刺す　棘に
あなたを打つ　釘に
をののきながら　くちづけようとする

さうして　あなたの奥底で
傷が光り　波うちはじめる
瞬間のうへに仆れて
あなたは喘ぐ　滅びに似た誕生を——

いのちが　こみあげる
いのちが　こみあげる
ああ！
はじめて　いっしょに翔びたってくれるあなた
燃える北極にむかって
透明な沼にむかって
はじめて　まっしぐらに沈んでくれるあなた

旅立ちは　もうこはくない

審きの時は　こはくない
あなたの傷で　わたしが翔ぶとき

ことばは　もういらない
といふことばも　いらない！

……

うちうの　おほどけい
ほしにぶつかる　ほし
よるのいうゑんちに　ひかるへび

あなたの　　　　がいっせいに
あなたの　　　　がいっせいに
さける
さく！

あなたを　　　　して

あなたをもっともっともっともっと
　　　をつらぬいて
　　をつきぬけて
　　がうめきながら
かなしみながらきらめきながら
もえながらきらめきながらゑぐりながら
　　る！
　　る！

ほしのかけら
えいゑんのかけら
いっしゅんのえいゑんの
いっしゅんの

　　はあなたの　　な
　　はあなたの　　な
とほいとほいとほいとうめいにむかって
　る！

はっぱうする！
よるのいうゑんちからとびたつ
ひかるへび！

液体

I

血なんて　まるで
いくらでもでてくるものね
切りさへすれば

もんだいは刃もの
その切れ味
といふことの　むなしさ

カミソリのするどさと

ナタの重さ
どちらかに決めてしまふことの
インチキ

(ひとつの民族ができなかったやうに)
ぬるま湯のなかで　痛みを感じつづけることは
可能か?

足りないのだ足りないのだ
海がぜんぶ　わたしであっても
海辺のちひさな小屋のなかで
わたしの叫びが　嵐であっても!

もんだいは　そのあと
すべてが流れつくしたあとに
どんなむくろ　と
どんなこころ　が
のこるか
または
のこらないか——

Ⅱ

だれかが　あんなにもしりごみしたほど
それらの液体は
おそろしいものではないのです
にんげんの
汗とか　血とか　粘液とか

ひとりの部屋で　犬のやうに
じぶんの宿命をなめ
じぶんの過失をふきとるとき
すべての生理が　わたしたちに
親しみ深い筈なのに

にんげんが　にんげんの粘液をおそれる
女が　女の汗をおそれる　などと
笑止な！

信じられないほどのしづかさで

そのおそれから遠いひとよ
信じられないやさしさで
だまって　溢れるものを眺めたひとよ
秋の海に　篠つく雨がふりそそぐ
ああ雨に　海に　あなたに
いま　快くまみれるのは　うれしい

Ⅲ

さう　あれはうそだ
血によって　傷によって　毒によって
愛をはかった
あのつきつめた愚かさは　うそだ

いまも
わたしは血をわらはない　だが
愛はちがふ何かによってはかれる
もっとやさしい

もっとしづかな液体によって
蠟人形の頰に流れた血まみれの眼球
ではなく
あのやうに流れる
たぶん　ただ一滴の涙ではかれる

嵐と汗とのあひだから洩れる
ただひとことのつぶやきで　はかれる

共犯

——わたしは　かつて用ひた罪といふ自分のことばを否定する。罰といふことばをも。結局は何ものにもナイフを突きたて得なかった人間にとって　そんなことばはない。だから　今のわたしにもない。だが　少くとも今　わたしは最も蒼ざめつつ　あへて再びこのことばに還る。——

＊

はじめて　神に訊ねる！

じぶんだけ服役してしまふ共犯者は
裏切者か？

わたしたちが
と何故言はないのか？
ひとにではない
むろん　神よ、あなたに。

ああ　あれはやさしさ？　裏切り？

＊

神よ　わたしはしぶとい。
いつも　命がけなのは
わたしでない　誰かだ。

＊

ひとつの卑怯。

罰をなら　ひきうけるのに
罪を　ひきうけようとしないこと。

もうひとつの卑怯。
罰よりも　より多く
罪を　ひきうけたがってゐること。

＊

タバコ吸ふなら　肺ガンをかくご
ウィスキーのむなら　胃ガンをかくご
わたしたちには　いつもたくさんの覚悟が要る

罰は選べない
罪は選べる

さうして　わたしたちは選んだのだ！

＊

いたづらを叱られた子供のやうに
びっくりして　手落すぐらゐのコップなら
はじめから　割ればよかったのだ

たとへばウィスキーについて
必要なら　服役はしよう
だが　懺悔はすまい。

＊

淋しさを
それぞれのかたちでもがいたり
のみこまれたりするのは
わたしたちの弱さだ
弱さといふ小さな権利だ
時に　やさしさから遠くみえたとしても。

弱さは　ゆるす。
この不遜なことばが　神と誰かとに
きこえてもいい。

神よ　あなたでなくたって
ゆるすことができるときもある
むづかしいのは　ゆるされることだ
より弱いものから
より淋しいものから

（あなたの声がきこえないので
何度かわたしは　マッチ棒で占った
ひなげしの占ひのやうに。
〈ゆるされる〉からはじめて
奇数だったか　偶数だったか――
あなたは知ってゐるだらう　でも
わたしの数へ違ひや
あなたの答へ違ひも　あったかもしれない）

＊

誰だって淋しい
誰だって
何かを手にするためには　何かを手放さねばならない。

ひとりが　淋しくなくなるために
ひとりの　淋しいひとをつくる
わたしたちは手放す
筆のため　墨を
剣のため　弓を

わたしたちは片手なのだ！

手放すものも　手放されるものも
手にするものも　されるものも
じぶんの淋しさのために淋しく
ひとの淋しさのために苦しいのだ
それはまじり合ってゐる
けれど　たぶん
かなしみ　と　いたみ　のちがひはそれだ

＊

それはまじり合ってゐる　いま
ひとりにも　もうひとりにも。

まじりかたの割合ひはちがふ
ほんの少し　或ひは無限に多く——

だからわたしは
泣かない
泣けない
わたしのいたみが　ほんの少し
或ひは無限に多く
かなしみを追ひこしてしまふことを
わたしは恥ぢる

＊

うしろ姿がゆく　いぢらしいものたちの
小さな背中が遠ざかる
あのときの湯けむり　あのときの笑顔
すべての過去を共有しない限り
どんなふたりも
現在《いま》を共有することはできないのか
そんなにわたしたちはひとりぼっちか

罪を分けても
その罰さへも　すでに重さが異なるのか！

＊

もういちど　神よ
あなたに　きこえてもいい
（ひどくいたむところがあるため
おそろしさを　にぶくしか感じない
それでも　これを言ふときふるへる）

わたしのくるしい手放しかたが
まだ足りないといふのなら

むしろ　かなしみを
同じ罰を
同じ服役を！

＊

もし　弱さや
まちがったやさしさから
何も手放さないでつながれてゐるのなら
にんげんたちは
世界の縁と縁とから
とどかない手をさしのべ合って悶えるだけだ
しかも　いま　失ふことによって
ひとりは　解き放たれたのではない
ますます固く縛られただけだ

しかもいま　ひとりもまた
失はないことによって
ますます固く縛られただけだ

＊

さう　何かを手放さねばならない
愛を手にするためには　わたしたちの無垢を

懺悔を手にするためには　罪そのものを！

＊

だが　親切な神よ
はなればなれの服役者たちにも
あなたは確実に　日々の糧をお与へ下さる
米でも　麦でもない
食べるににがい　〈時間〉といふ糧
〈時間〉といふ毒
〈時間〉といふ薬

非力

みんなが傷口をもってゐる
〈炎える母〉を読みかへして
はじめて泣いた

他人《ひと》にも傷がある　そのことで
救はれるときが　たしかにある

でも
わたしの傷が　誰を救ふだらうか

蝶から空を
空から蝶を
奪った

鱗粉があたりに散ってゐる
くもは　頭を垂れる

いまこそ　大きなやさしさになりたい
傷《いた》みごと　そのための爪ごと
すべてを包みたい

神の出番だ

街

陽のあたるのはいい
スクランブル交差点で　誰の足もとにも濃い影をおとし
かなしみにも　陽があたる

屋上のハトは人間をこはがらない
回転木馬はいい
アイスクリームはいい
子供たち　老夫婦　うつくしい

さうして　かなしみにも陽があたる

Ⅲ

昼顔

まひるのけだるい夢のなかから
馬車の鈴がわたしをゆさぶる
わたしをふみ
わたしをひきずり
わたしを鞭うつ幻の馬車
はわたしの白い心の上を
黒い熱病のやうに匍ふ

八才の女のめざめに
つよすぎた　汗と脂のいのち　の指
ああ　わたしを平和な食卓に呼んでゐる
白い世界よ
罰してください
罰してください
わたしがわたしであることを
心があり　肉がある
わたしが　女であることを

かろやかな微笑み
優雅にそらす首筋をしか　教へられなかった
だから
あの汗と脂の匂ひを消せない
微笑みのない死の崖を知りたい
泥と血と絶叫のなかから
いのちの　いちばん近づく崖
肉のいたみに　心のいたみを
傷のふかさに　愛のふかさを
量らせる　証させる

あの崖

女　――朗読のための二章

I

手と　足と　内臓と　心と
唇と　眼と　髪と　血と――
まひるにうるむくちびる
くちびるにあふれるまひる
ひかるひるが　ふる

血
をんなの　血
くちびるにあふれるいのち
いのちのなかの　石

石のなかの　血
血のなかの　氷
氷のなかの　火
をんなのなかの口のなかの火
のあとあぢ

罪　罪の熱
血の赤さの肌の白さの髪の黒さの
髪の長さの罪　の長さの重さ
熱の重さ

重い
あなたが重い　いいえ
あなたを重いわたしが　重い
をんなのなかの火が　重い

Ⅱ

空を刺す　剣《つるぎ》
鶴の爪の　つめたい露の月

刺せ　刺せ　刺せ　卵
うすい殻のなかの　粘液

空を縫ふ　針
針のしろい腹
のはらむ光　の怒り

空のながす血
刺せ　刺せ　刺せ　雲
雲の傷のわれめの　光の剣
刺せ　刺せ　刺せ　わたしを！

手ごたへはあるだらうか
空に　粘液はあふれるだらうか
赤い雲から　血がしたたるだらうか
つらぬいた裏側に　心が　刺さるだらうか

でもとどかない空のやうに
刺せ　刺せ　刺せ　いのちを――

はしる火
つらぬく火
ゆれる　渦巻く　痛む　さうして
空は死ぬ
光は死ぬ
折れた剣を手にしたまま
あなたは　もっと死ぬ

蠟燭

行ってしまふ
行ってしまった
行ってしまはないで
行ってしまって
許してしまはないで
許して――

わたしは闇のなかで燃えてゐる

熱い蠟が　わたしの脇ばらをつたふ
わたしは　減ってゆく
でもわたしの流した血は　ふえてゆく

わたしの小さな光のために
まはりの闇が　もっと濃くなる
わたしにはあなたがみえない
あなたのなかの闇がみえない

わたしの小さな光のために
わたしには　わたしがみえない
わたしの流した白い血だけがみえる

闇よ　あなたの指さきを
ほんの少し焦がしたかった炎を
すりぬけて　あなたはわたしを通り過ぎる
横にではなく　たてに　垂直に
わたしの減ってゆくのと反対の方向に
そのとき　わたしの焔はかすかにゆらぐ

静かな部屋に　わたしの焦げる音がする
わたしの髪を　爪を　眼を焼いてゆく
わたしの小さな火が　あつい
燃えることは
食べすぎてしまったいのちを　吐くことだ
いのちがとけて　足もとにたまる
まるで悔恨のやうに

わたしはひとりで燃えつきる
わたしが闇にかへるとき
闇も　闇にかへる
あなたは　わたしを通りすぎた
火と闇が　わたしを通りすぎた

燃えつきたものは　わたしではない
わたしは　わたしを燃やした火ではない
燃えたことが
燃えつきたことが　わたしだ

だから　わたしはここにゐる

流しつくした血のなかに立って
いつも　いつまでも　ここにゐる

　許して　わたしが燃えたことを
　許して　わたしが消えたことを——

接点

神の　大きな貧血のあとをのこして
ゆっくりと　海は遠ざかり
わたしたちを
しめった沙漠のなかに置き去りにした

方舟からおりて　舟をこはした人間たちは
卵をうみに遠くまで来すぎた海亀のやうに
さうしてこはれた舟そのもののやうに
帰れない海にあこがれる

星をみても　もう数へきれなくなった
宇宙の〈無限〉に当惑して
わたしたちはふたたび
海をみる
砂を数へる
有限な地球のなかの無限としての
遠い海を

何も着ないで　何も持たないで
従順に自然の一部分となること
のできなかった
人間たちのかなしみは
いつも　貝がらをにぎりしめようとする指先に
かすかな血になってにじんでくる

そしてなほ
砂の上の足あとのなつかしさ
ここにも人間がゐるといふ
小さな主張のなつかしさ

地球の海と　その風景とつり合ふのは
空ではない　爪さきの血だ
ひとひらの肉の　いたい寒さだ

砂浜に傾いたまま
決して倒れない　枯れた木を
わたしたちのひとひらの肉が
たはむれに　支へつづけようとするとき
神は　あるひは
そのやうな一本の木であるのかもしれぬ

黒い繃帯　——或る舞踊空間のための覚え書き

肉体は傷と血か？
肉体は一個の小包みか？

＊

カスバの女がハレルヤをきく。白鳥がヒッピーの王子をついばむ。

グロテスクな優雅のもの憂い絶叫の、絢爛たる虚しさの夕べよ、来たれ。

＊

むかし人はハダカだった。なま身の傷に文明の衣裳を着ぶくれて、人はつひに〈もの〉になり得るか？

匂はない造花。増殖する万国旗。心をつつむ黒い繃帯。

＊

人類の歴史は、ひとりのなかですばやく繰り返される。決して魚にもどることのない、決して母胎にもどることのない私たち。

＊

キンランドンスノオビシメナガラ、ハナヨメゴレウハナゼナクノダロ？

＊

ひとりの歴史は濃縮された一時間を、ひとりのなかですばやく繰り返す。ことばではなくその肉体によって。しなやかなピエロ。

＊

ことばはむなしい。肉体もむなしい。だが肉体は確実に消え去るものだからこそ、そのぶんだけ確実に、今ここに存在する。

＊

しなやかなピエロ。目をさませ。私たちが現代の混沌と思ってゐるものは、かなりの部分、人間の混沌であるのかもしれぬ。私たちは現代について思ひあがってゐるのかもしれぬ。

＊

しなやかなピエロ。跳べ！　科学がすべての答へを用意してくれる時、求められるのは解決ではない。そんなに早く救はれてしまはなくてもよい。私たちは探す。循環小数のやうに割り切れぬ神秘な答へを。

＊

或る夕べ、動脈と静脈の隙き間から、一つの肉体を解剖しよう。流れ去る光と音との、小さなメスで。

＊

ハダカはけなげに闘ふだらう。ガラスとパイプの硬い空間と。着せられてゆく重い衣裳と。腐らないビニール。窒息する夢。

＊

キンランドンスノオビシメナガラ、ハナヨメゴレウハナゼナクノダロ？

＊

〈もの〉になりきった人間から、なほ探しつづける一本の手がはみ出る瞬間がある。

昼顔順列

昼顔は女だ
わたしは女だ
女は昼顔だ

昼顔はあなただ
あなたは女だ
わたしは昼顔だ
女はあなただ
あなたは昼顔だ
女はわたしだ
昼顔はわたしだ
わたしはあなただ
あなたはわたしだ

昼顔反歌

すべての女は昼顔だ
皿の破片を泣きながらつなぐこどものやうに
いぢらしく
心と肉をつながうとする

いふことをきかない肉に

眉をひそめながら　心をはりつけてしまふ

でなければ
いふことをきかない心に
ふるへる指で　肉をはりつけてしまふ

すべての女は娼婦だ
すべての女は聖女だ
鍵と鍵穴との雑居だ

心の突起は肉の窪みに
肉の突起は心の窪みに
かたつむりのやうに　独りのなかで交り合ひ

すべての女は
男たちから遠く　ひそかな昼顔だ

昼顔慟哭

死んだ男《ぴえーる》の傍らで
あれきり死んだあなたは死んだか

告白は誰への刃だったか
二度死ぬことは
二度殺すよりたやすかったか

償ひのために罪を犯した
心のためにいのちを閉ざした
あなたにも　きこえるか　（ああこの夜の）

　遠い波音
　遠い雷鳴
　遠い汽笛
　遠いさざめき

呼吸する樹々の匂ひにつつまれ

窓からの月に濡れた二つの死体　が
ふと　むせびなく夜はないか
冷えた手足の静脈が
ひそかにふくらむ夜はないか

のびつづける爪が夜明けをきり裂くとき　も
沈黙は愛か
愛は透明か

白い喪服
心は死んだか

詩集・NOTE

幼年連禱・NOTE

この本全体が、私のノート（覚え書）になってしまった。

こんな、作品としての不完全さの意識が、長い間、私に詩集をまとめる勇気をもたせなかった。

しかし、生活に或る段落がついて、立ち止まりじぶんを眺める一時期が私にも訪れた今、言ひのこしたことがたくさんあるやうで、このままでは何か落ち着かない気がした。ふたたび歩き出す前に、〝精算〟をすませたかった。

或る時点の私を批判し、わらふ権利は、他人《ひと》にはあっても別の時点の私にはない。その意味で、未熟さも、稚拙さも、そのままさらけだすことにした。殆んど私自身のために。


ぜんぶならべたら、二冊ぶんになった。これはその一冊目、「こどもの私」篇である。比較的古いものが中心になった。比較的新しいものを中心にした「をんなの私」篇——タイトル未定——を近日中にまとめる。その両面が、現在までの私のすべてだと思ふ。

（一九六四・五・五刊）

夏の墓・NOTE

このひとりぼっちの相聞歌を、誰でもなく、誰であってもよい〈あなた〉に捧げる。さうして別れを告げる。

半年前に刊行した『幼年連禱』のノートにも書いたやうに、これは私が突然覚悟をきめて、一種の焦りと諦めの場所で総目録をつくった、そのほぼ後半部にあたる。

私のつもりでは、前のものが Piéces blanches（白い本）、こんどのが piéces noires（黒い本）として、ひとつのものを構成する筈であった。そのために、本のつくりも、黒と白を写真のネガティヴのやうにすっかり逆にする、といふひそかな趣向を考へてゐた。

しかし、内容は果してどうなったか、私には分らない。全然、裏返されてゐないかもしれないし、ネガティヴが強すぎて〝ひとつのもの〟になってゐないかもしれない。

とにかく、やっと少しせいせいした。次に〝精算〟したくなるめんだうをなるべく遠ざけるために、勘定書《ビル》が又たまらないやうに気をつけて、しばらく惰眠をむさぼりたいと思ふ。

（一九六四・一二・二五刊）

オンディーヌ・NOTE

物語りなどはない。あったかもしれないが、忘れた。

ただ、この頃になってやっと思へる。それぞれの人間が少くとも自分に誠実に生きてゐる時、裏切りといふ行為は存在しない。裏切られる、といふ状態はあっても。――そしてそれは主観的な、孤独なものだ。

『幼年連禱』『夏の墓』の二冊の詩集以後書いたものが、もう八年ぶんもたまってしまった。

かうしてそのうちのふるい、にがいものだけをまとめたのは、ひとつには、或る季節が遠ざかったことによって静かにふり返れるため、もうひとつは、ひきだしの中に汚れものをしまひこんだまま死にたくない、といふ感傷のためであらうか。

私にとって、詩とはいつも遺書のやうなものであった。

（一九七二・一二・一刊）

昼顔・NOTE

これは前詩集『オンディーヌ』のあと、五年にわたる作品の一部である。

この時期、私は変った。かつて「詩は排泄だ」とうそぶいてゐた私も、やっと世界をそのまま呑み下し、完全消化することを覚えた。私の胃が健康になったのか、それとも食べすぎなくなったのか。――徐々に、ことばは私から遠ざかりつつある。私はそれを悲しんでゐない。

（この時期はまた私にとって、自分だけの小さな不幸による虚脱から少しづつ立ち直り、自分だけのものでない大きな不幸の前で再び絶句するまでの、短くてながい過程であった。）

私は常に引き裂かれてゐた。幼年と成熟、肯定と否定、日ざしと嵐とに。ここに収めた「昼顔」といふ詩は、L・ブニュエルの映画に寄せた小品に過ぎない。だが、ケッセルの原作のテーマが、私の抱きつづけてきた分裂の感覚と深い関はりをもつことに気づいた時、改めてこれを詩集ぜんたいのタイトルに用ひることを決めた。

今、私は顕示と沈黙とに引き裂かれつつ、この本を私から手放す。

（一九七三・四・七刊）

自作の背景――I

吉原幸子

「まだ死にませんから」と頑張ってゐたのに、たうとう全詩集を出す破目になってしまった。尤も、こののちまだいくばくかの詩を書いてしまふにしても、このあたりで一応総まとめをして置けば、〝残務〟が減って気楽になれるといふものだらう。

そこでこの〝あとがき〟だが、出版社側のプランによれば、ここに私が思ひ切って正直な自己解説を書くべしといふ。〝激白！〟とやらの恐しげな言葉も、担当のYさんからとび出した。いっそ何もかも、といふ誘惑に駆られる思ひもないではないが、それでは私は過去数十年、何のために〝書くことで何ごとかを隠しぬかうと（石原吉郎）〟してきたのだらう？ やはり私は、必要以上のストリップショウは避けねばなるまい。私自身のためにも、また、私に快くだまされてゐてくださった心やさしい一部の読者たちのためにも。

だが、自分のついた止むを得ぬ嘘が大手をふってまかり通るのを見ると、小さな子供でさへ妙にそはそはして、焦立たしげにそれを見守ることがある。全くの誤解による深読み（や浅読み）に、それに似た感情を覚えたこともあったので、この際、できる限り率直に、作品（ともしこれらが呼べるなら）の〝背景〟を語るのもいいではないかと思ふ。ただし、主語は〈私〉でなく、さう、たとへばSにしよう。だから以下は全くのフィクションであるかもしれず、嘘の上塗りであるかもしれないのである――。

× × ×

Sは四人兄妹の末っ子として、東京・四谷のある中流家庭に生まれた。平和で幸福な家庭であったが、しかしその背後には、子供の眼に見えない密かな物語があったらしい。兄姉とは十数歳も年齢がへだたってゐて、母が幼いSだけを連れて家を出てゐた時期もある。Sにはそんな大人たちの事情はわからず、ただいつも身近にゐてくれる母といふ存在にひたすらに縋りついてゐた（幼年連禱二「信号機」参照）。そのあたりが、Sのマザーコンプレックスの原型であらう。

〈……私は父といっしょになって、母を愛した。おそらく母の胎内に於ても、私は〝泳ぎついた〟方の細胞だったのだ！〉（エッセイ「ふるさと」より）

女の子らしく可愛くなくて、ズボン姿でハイキングに連れてゆかれ、宿に着くと〝坊っちゃん、坊っちゃん〟と呼ばれるSを、母は別に困ったといふふうでもなく笑って見てゐた。「この子は男の子の生まれそこなひだから」と、よく冗談のやうに言った。お腹の中で勢ひよく暴れた時から、男の子だと確信してゐたといふ。確かに、オママゴトよりヘイタイゴッコの方が好きな、変な子だった。

小学校一年生の終りごろから、Sは父親に言はれて日記をつけはじめる。しかしそれは成長後のSにとって必ずしも懐しいものとはならなかった。特定の人物については暗号の呼び名を使はせられたりして、そのやうに大人の眼を意識したために、内容がなんとなく偽善くさいのである。明らかにウソを書いた記憶もあって、それは祭りの見世物を一人でこっそり見たくせに、「下らないものを……」と叱られさうで見たと書けなかったのだった（連禱一「罪」）。ものを書く訓練にはなったかもしれないが、時には事実を半分しか語らず、だんだん気づかせられる大人のウソにはとぼけてみせる、といふ芸当は、子供の身にとっては重い日課であった。

Sの〝いい子振り〟はまた、たまたま時代を染め上げつつあった軍国教育とも微妙に照応し合って行く。学校に提出する日記となると、ヘイタイサンヨアリガタウ、カチヌクボクラセウコクミン〟的な模範作文の色を帯び、また当人も周囲に言はれるままにそれを信じこんでゐたのだ。集団疎開に行けば寮長といふ立場上頑張らなくてはと、汽笛を聞いては泣きだす仲間たちをなだめ、実は人一倍の泣き虫顔をあとでそっとふとんに埋めたりしたものだった。

疎開では飢ゑも経験した、帰京後に遭った空襲で黒焦げの死体も見た。だが戦争は結局、子供のSにはその実体を考へさせる暇《いとま》もなく、傍らを駆け去って過ぎたのだった。多くの同世代が指摘するやうに、Sたちにとっての問題はむしろ、終戦を境とする〝大人たちの急激な変化〟だったのである。少くとも日記の中で〝学校用〟の演技をする必要から解放されたSは、そのことによってやうやく感受性の自立に目ざめたのか、〝家庭用〟の演技をも放棄する姿勢をとり、やがて昭和二十二年（中学二年）の春、七年間続けた習慣を自ら閉ぢたのだった。

価値観の変化が、社会変革への情熱に結びついた同世代の少女も、中・高校にはゐた。だがSの場合、それは社会不信への反動といふ形で閉鎖的になり、〝誰にも見せない〟任意のノートの内容は、かなりアナーキーな耽美衝動で占められるやうになった。考へてみれば戦ひのさ中にも、若い寮母さんに熱烈に憧れてみたり、旅役者の一座を追って家出しようと真剣に考へたり、〝いい子〟の内実には人間臭い感情が渦巻いてゐたのである。一方では観念的な、あまりに観念的な死生観（幼い哲学？）のやうなものを、初めて〝詩〟の形で書いてみたりもしてゐた。（恥づかしながらこの集の第Ⅱ巻に、中学・高校時に書いたものが数篇、収録されることになってゐる。その時、改めてもう少し詳しく触れよう。）

高校卒業の春、不勉強と流感（折良く！）のため入試を諦めて一年間遊び、その間はずっと、カブキに狂って立見席通ひをしてゐた。大学ノート二冊分の〝耽美ノート〟を書いた。詩は書かなかった。

昭和二十七年、東京大学に入学。教育熱心だった父はすでに亡くなってゐた。Sは教室よりも、演劇研究部の部室にばかり出席する不真面目な学生になった。そこでは先輩たちの選んだ、サルトルやJ・アヌイの〝フランス現代劇〟が主に上演されてゐた。

折しも「血のメーデー」の前後でもあり、学内には左翼的演劇グループもむろん活動してゐたが、Sはまるで偶然のやうに、最初に声をかけられたグループに入部したのだ。それは或いは、Sのその後に大きな影響を与へた偶然だったのかもしれない。〝劇研〟がSに仏文科を選ばせ、卒論テーマとしてJ・アヌイを選ばせ、アヌイがSに『幼年連禱』や『夏の墓』を書かせる一つの遠因となったのだから。

以前にSは、当時『幼年連禱』一〜三章の詩篇を書きはじめた動機として、二つの事柄を挙げてゐる。一つは〈父の死後、終ってしまった〝父と母と自分との世界〟を無意識にたぐり寄せようとした〉と同時に〈母を〝追ひこした〟、つまり母に保護されてゐた立場から保護すべき立場に転じた自覚から、自分の幼年に、書くことによって別れを告げる必要を感じた〉といふ動機。——もう一つが、次のやうな分析である。

〈大学卒業の前後、つまりやうやくひとりの大人としてのものの見方が定まりかけたころ、私はしきりに「子供であったこと」にこだはってゐる自分を発見した。

アヌイ劇の影響などもうけて、やや観念的にではあったが、私は或る種の「純粋病」の病因を、幼年と結びつけて解剖してみよう、と思ひたち、折にふれて小さなメモをとりはじめた。

ところが私の仮説や意図、観念的な姿勢は、すぐ吹きとんでしまった。呼びさまされた記憶の断片は、思ひもかけず肉感的に、連鎖して私を襲ひ、私は自分の幼年の中に、殆どのめり込んでしまったのだ。

日記以前の、或いは決して日記に書かれてゐない筈の、おぼろな、しかし色彩にあふれた閃めきのやうな存在感だけが、私の憶ひ出せるすべてであった。意識の記憶より感覚の記憶のはうがはるかにつよいことに私は驚いた。道の、家のたたずまひ。陽ざしと暗がり。音のきこえ方。匂ひ。――それらを手がかりに、私はいつの間にか、数年がかりで私の幼時を再体験してゐた。さうしながら眺めてみると、それは実在の記録より以上に親しみ深く、生き生きと、〈ほんたうの幼年〉として私の眼に映ったのだった。〉（エッセイ「私の中の幼年」より）

ここに現はれる〝純粋病〟といふ言葉は、Sがまず、アヌイの戯曲に登場する主人公たちに名付けたものであった。信じてもゐない儀式にこだはって死を選ぶ頑固なアンチゴーヌ、嫉妬の衝動に耐へきれずふり向いてしまふオルフェ、ただ一瞬抱擁の手がゆるんだために恋人を許せないジャネット――神話やシェイクスピアの原作とは、死の動機が違ふのである。〝死ぬこと以外の方法で純粋病が達成される途はないか〟と反問し、〈拒否のやうに輝く肯定《うなずき》〉（夏の墓「出発」）に憧れながら、Sは間もなくその言葉を自分自身に対しても、疑問形で――決してそれを喜ぶ形ではなく――向けるやうになる。自殺こそ考へない主義であっても、妥協を拒むやみくもな、聞きわけのない情熱といふものは、実にありありと身に覚えがあったからだ。もうすでに、いくつかの（プラトニックな！）恋を経験し、その度に〝純粋〟になり過ぎることによって、苦しんでゐたからである。

このやうにして、『幼年連禱』の一～三章と『夏の墓』の後半を占める「むかしの夏」の諸詩篇とは、ほぼ同時並行して書かれて行った。S自身に向けられた〝純粋病〟といふ言葉は、次の段階では、Sと何らかの関りをもち、S同様の無器用さによってその関りに失敗する結果となった何人かの人間についても、ひとつの共通項として見なされはじめた。遡ってみればその言葉の発想以前にも、例へば高校時代、女だけの学校によくある疑似恋愛に於てさへ――といふか、そんな場合だから尚のこと――Sと相手との間にはその病ひが色濃く支配して、針が落ちたほどのことにも真剣に悩んだり泣いたりしてゐたのである（連禱三「初恋」）。

先程も言ったやうに、時代は確かに存在したがSの傍らを早足で通り過ぎ、Sにとっての関心の所在は——少くとも〝詩〟のテーマになり得るものは、ほとんど常に個人的な人間関係（愛）、及びそれをめぐる自分自身の感情の状態ばかりであったのだ（『幼年連禱』も〈母への連禱〉に分類すれば——）。これは近年に至るまでSの世界の決定的な限界線となってゐるが、Sはその点をあへて自認し、弁解を試みようとも、他の姿勢をとらうとも思ってゐない。自らの最大の関心事に対して、ただいつも忠実であらうとして来ただけなのだから。

——といふわけで、これ以後の〝作品解説〟には、Sと〝何らかの関りをもった人間〟が、個人的に登場せざるを得ない。それぞれにまだこの世に生きてゐる人間だから、Sの勝手な〝激白〟といふわけにはいかないが、作品そのものよりはやや具体的に、背後の状況を語ることになるだらうか。

卒業後間もなく、Sは演劇部員の一人であったAと婚約する。一生結婚しないなどと言ってゐたAが、意見を変更したのだった。二人きりで旅行もしたが、例の病ひのかなり重い患者であるAとの間は、結局プラトニックのままであった。二人はただ、言葉もなく耐へてゐるだけだった（むかしの夏「食卓」）。専門の勉強のためAが海外に留学してゐた二年間二人は大量の往復書簡を交し、Sはある劇団に女優として所属しながら、「幼年連禱」や「むかしの夏」を書き継いでゐた。「幼年」を振り返った動機の三番目のものが、次のやうに述べられてゐる文章もある。

〈……彼とはもっぱら手紙で〝精神的に〟語ったために、二人とも現実（日常）からの免疫を得ることが遅れた。そのためか、同時に私の中に、「おとな」に対する嫌悪といづれは自分もさうなるといふ絶望が、言いかへれば失はれた幼年に対する愛惜がひとつの形をとり……〉（エッセイ「詩と愛」より）

しかしこの婚約はAの帰国後日ならずして双方によって破棄されることになる。

〈〃小児病〃〃純粋病〃を往復書簡の中で肥大させすぎた私たちの間には、すでに「現実」の入りこむ余地がなくなってゐた。肯定のやうにしか輝かない肯定なら、もう特に要らないのだった……〉(同前)

要するにAもSも、子供のやうにわがままで、傷つき易かったのである。AはSの母の〃善意〃にさへ傷つき、双方の家庭に気を遣って、Sがそのことで失望する、といふ場面もあった(むかしの夏「HELP!」「逝く春に」)。最後に会った日のAの名台詞、「きみのくれた、そのスリッパをはかないでください。きみはもう昨日までのきみぢゃないんだ!」

ほぼ同時に別の場所への留学から帰国したBは、Sの眼にAとは正反対に映った。つまり〈Sの純粋病を圧倒し得るほど力強い〉、何ごとにも無頓着な、大らかな存在として。——たとへば若い女がどんなに些細な動機で人に好意を持ったり嫌ったりするかの好例としてSは今でも苦笑混りに思ひ出せるのだが、Bが何かのパーティで他の数人とSの家を訪れてゐた時のこと。「ちょっと電話を貸してください」と茶の間に入ってきたBは、受話器のそばの長火鉢のへりに足先をのせ、柱によりかかって大きな声で電話の相手と話してゐたのだが、ふと見るとその靴下の踵には直径五センチほどもある大きな穴があいてゐるのだ。これはSに、Bが気取りのない人間だといふ信頼感と、早くに母親を失くしたBへの同情や母性本能を呼びさまさせるに充分だった。

Aを失ったSの心はBに傾き、ほんの少し反動的に、ほんの少し当てつけがましく、数ケ月のうちにSはBと結婚した(むかしの夏「開花」)。

この結婚が三年後に破綻したことの遠因には、今言った〈ほんの少し反動的〉な要素と、Sの周囲、ことに母の〃適齢期観〃のせゐもあって〈数ケ月のうちに〉、つまりかなり早急なテンポで新しい決定を行ったことが数へられるかもしれない。Bも以前の演劇仲間であったからだいたいの人物像はSの中に結ばれてゐたものの、友人として大らかに見える人間が日常の伴侶として適当であるかどうかはまた、別問題であった。Bはある面ではAに輪をかけて神経質であり、ある面では〝大らか〟の代りに〝ずぼら〟なのである。そこのあたりを、Sは見究める暇がなかった。

最初にBがSを受け入れ得るといふ状況に直面した時、うろたへて〝止むを得ずついた嘘〟を、Sは結局、許せなかった。またBの方では、Sの結婚の動機にかすかな不安がつきまとふらしく、AとSとの間に〝何もなかった〟ことを、長い間信じようとはしなかった。互ひの不信感に嘘アレルギー（これも純粋病の一症状）がからみ合ふのでは、ゆき着くところは目に見えてゐる。

〈……Y駅に停車した列車の中で、私は一人の男と気まづく対ひ合ってゐる。何でもないことがひとりを苛立たせ、その苛立ちが又相手を苛立たせる——だんだん弾み方がはげしくなり、それてとんでゆくゴムまりのやうな人間関係。雪の山から別々に下り、ひとりはタクシーをとばせてこの汽車に追ひつき、ひとりは街角でガラス細工を捨て……。〉（エッセイ「三十年列車」より）

この期間、SはJといふ一児を得て、かつて振りかへった自分自身の幼年を眼前のひとつの存在に重ね合はせるやうな思ひで「幼年連禱・四」のノートを書き溜めてゐる。（Jを身ごもってゐたころに、巷には六十年安保闘争の嵐が吹き荒れ、ある日テレビでK首相の楽天的な演説をきいたSは、さすがに腹を立てて学生気分に戻り、議事堂周辺のデモに出かけて行ったりした。しかしこれらの状況も、作品にはほとんど投影してゐない。）「Jに」といふ呼びかけのこの連作が「XI」〜「XIII」に至って急に大人の世界の翳りをうつしてゐるのは、Jが生後約十ケ月の冬に、SはJを引き取って離婚したからである（むかしの夏「遺書」「黒い夜に」、かなしいおとなのうた「忘れた」「日常」と同時期）。

さて、ここまでは言ってみれば〝よくある話〟であり、要するに未完成な人間同士の〝若気の至り〟といふものだったらう。Sがその後二度と再婚する意志をもたなかったことについて「よほどコリたんだらう」などと言ふ人もゐるが、SはBに対して、少くとも現在、一種の同情《シンパシイ》を持ってゐる。Bの側に自棄的な形での〝裏切り行為〟があったかなかったかといふ、当時は重く思へた謎も、ほんの短期間のうちにその重みを失ったやうだ。

詩集の中での順序とは逆に、このあとに実は『夏の墓』の前半をなす「ひとつの夏」が訪れる。二年後にこの詩集をまとめた時点では、Sはそれを現在進行形として周囲に認識されたくないため、あへてすべての章の年代を消して、不在証明《アリバイ》を作らうとしたのだった。（この集で初めて各章に年代を付したのは、すでに時効成立とも思はれ、〝書かれた順序〟を明かすことが、作品をよりよく理解されるためのひとつの手がかりとなるだらうからである。）
「ひとつの夏」は、〝若気の至り〟といった生やさしいものではなかった。それはほとんど〝気狂ひ沙汰〟であり、熱病のやうにSを襲った。

Xとの出会ひは、Bとの訣別の直後に起った。（正確に言へばこの場合にも、数年間の〝潜伏期間〟がある。Sはその前からXを見知ってはゐた、しかし危険な火のやうに、そこから身を遠ざけてゐた。そしてSの歩みを振り返ると、ひとつの季節と次の季節とは決して重なり合ふことはないが、二つの間に置かれる〝空白の季節〟は非常に短い、といふ明らかな徴候がある。Sは真の意味で孤独に耐へることを知らない、常に〝対ひ合ふ他者〟を求める人間中毒患者でもあるのだ――Jといふ存在は至近距離の他者ではあっても、Sと〝対ひ合ふ〟ことは不可能だった――。）
　自分が保管してゐたBの名前の印鑑を持ち、一人で役所へ出かけて何枚かの書類にそれを押し終ると、呆気ないほど簡単に、Sはすでに〝自由の身〟なのだった。数日後、Sは何人かの親しい存在を誘ひ合はせて、自由への〝祝盃〟を上げることになった。その席にXがゐて、Sが己れを慰めるかのやうに結婚の失敗を糊塗する言葉を聞きとがめ、「女として、言っていいことと悪いことがある」と激しくたしなめたのである。その語調の強さはSを反省させ、同時に、改めてXといふ人間をある奇異な思ひで眺めさせた。その晩のうちに、Sは熱病の予感を覚えた。

　熱病への抵抗の記録は、「ひとつの夏」の冒頭数篇に生々しい。疲れやつれて逃げ帰った娘を港のやうに迎へてくれた母も、その母と三人で暮らすことになった幼いJも、Sにとって〈太陽〉ではあったが、Sはその上に〈つめたい月〉を欲したのだった。（「月に」）

　Xは、世間一般の基準では〝自由の身〟と呼べない立場にもかかはらず、ひどく自由奔放に生きてゐた。「一日ぢゅうソファーに寝そべってレコードをきき、周囲が散らかれば、ゴミのないところへそっと身を移す」「汚れた下着は橋の上から河へ捨てる」――今思へばあまりに非社会的な、不遜なダンディズムであっても、Sにはその気儘さが眩しかった。そんなXが「言っていいことと悪いこと」といふ倫理観をもってゐたことは、Sを〝世間一般の基準〟の網の中で、ますます苦しく踠《もが》かせ続けることになる。

〈或る決定的に悲劇的な――そして思へば「最初の挫折」以前からひきずってゐた〝宿命的〟な――要素のために、その「夏」は以前とはまた異った意味で、私にとって〈死のやうに輝く生〉になり得たのだ。

　しかし同じ理由で、それは決して〈否定のやうに輝く肯定〉にはなりえなかった。ハッピーエンドは決して来ないのだった。〉（エッセイ「詩と愛」より）

　悲劇的な要素は、もうひとつあった。あるいはその方が〝決定的〟だったのかもしれない。Xは自由に生き、Sはその自由に憧れた。しかもXは、そのまま自由でありつづけるためには愛と関はり合ってはいけない、と知ってゐたのだ。Sの嘘アレルギー以上に厄介なことには、Xは〝愛アレルギー〟だったのである。

愛といふ言葉を他人《ひと》が口にすることを、Xは嫌った（といふより、惧れた）。自分はそんな言葉を信じない、と主張するために、常に挑戦的に「それならここまでできるか」と験した。誰かがそこまで行ってしまふと、Xとしては敗けを認めざるを得ず、口惜しさのためにもっと験した。そのやうにして、Xに触れた人間たちは、危険な、真剣な遊戯にひきずり込まれてしまふのである。

試錬の中には、当然のやうにして〝裏切り〟が組み込まれてゐた。肉体を軽蔑する人間は、肉体によって裏切ることにほとんど何の抵抗をも示すことはない。それでゐて、当人がそれを愛といふ〝言葉〟への——あるいは愛そのものへの——裏切りと思ひなしてゐる精神的な部分が、混乱を生んだ。

Sはそのころ、〝独りで生き直す〟つもりで家族の了解をとりつけ、Jを半ば母親に預けた形で実家を出て、小さなアパートに住みながら生まれて初めての勤め仕事（出版社）をしてゐた。最初の〝裏切り〟の直後、XはそのSの留守宅に上がり込んで、睡眠薬自殺をはかる。

Sの発見によってXは生へ引き戻された。Xはそのことをひどく不満とし、Sから逃がれるためと称して〝裏切り〟を続けた末、約二年後に、突然Sの前から姿を消した。約半年間といふもの、全くの「行方不明」だった。その間にSはXとの人間関係を「破棄」することを決意し、やうやく〈立ち止まりじぶんを眺める一時期〉（『幼年連禱』ノート）が訪れたといふ自覚のもとに、〝ポジとネガと二冊で一冊の〟処女詩集、『幼年連禱』と『夏の墓』とを編んだのである。前に述べたやうに、原稿の一部は大学時代から離婚までの六〜七年にわたって、机の抽き出しに蔵ひ込まれたままのノートにいつの間にか書き溜められたものだったし、前者の「かなしいおとな」の章と後者の「ひとつの夏」一〜三章はその後の二年間（Sは紹介されて「歴程」グループに入り、他に「同時代」「ゔぇが」両誌に所属して多少発表の機会をもつやうになってはゐたが）、かつてないスピードで紙の上に悲鳴のやうに、嘔吐のやうにぶつけられた言葉たちなのだった。

せっかくしばしの間Sを訪れた平穏の時期も、Xが再び姿を現はすに及んで崩壊した。Xは例の口実のために選んだ二人目の犠牲者（Sを裏切るための相手）に飽きて、舞ひ戻ったのだった。自殺病の発作が再びXを捉へてゐたが、今回はX自身がその発作を自覚し、恐れ、自分を精神科の病院へ連れて行ってくれるやうにとSに頼むほど、心弱ってゐたのだ。病気が治ると、また以前と同じ日々が始まった。〝裏切り〟こそしばらくは影をひそめたものの、「この世に愛は存在しない」「いや、する」と言ひ張り合ふための、果てしない験しと挑発の日々である。血も流れた。皮膚も焦げた。信じられないほど多彩なヴァリエーションで、精神と肉体への苛烈な試錬（時には自虐）が三年間続いた。

遂に、三人目の犠牲者をXが探し当てた時、Sは最終的に闘ひを放棄する。自分を選ぶか否かの返答をXに迫り、S自身の設定したその期日が来る前に、まるで溺れる者のやうに、Sもまた一本の藁を摑んだのである。

学生時代に親しんだJ・アヌイの兄貴分とも言へる作家に、ジロドウがゐた。彼の戯曲は自ら演じる機会こそなかったが、その後のSにとっては次第にアヌイ以上の関心を引くものとなってゐた。アヌイの狭い〝純粋病〟に較べて、もっと寛やかな夢と、宇宙律への信頼や安らぎ、といったものがあるからである。ジロドウの「オンディーヌ」を劇団四季の舞台で観た時Sは感動し、しかしやはりここにも姿を変へてあの〝純粋病〟が顔を見せてゐる、と思った。オンディーヌの野性と純粋に惹かれながらも彼女に疲れて、裏切ってしまふ騎士ハンス。そのハンスを救ふために、「あたしが先に裏切ったのよ！」と叫ぶオンディーヌの必死の嘘。

Xの裏切りにこの叫びを重ねて考へてみることはできないのだらうか？　つまりあれらの裏切りはすべて、Sを愛すると叫べない苦痛から発した、Sを救ふための必死の嘘（の行為）だとしたら？――いや、逆かもしれない。期日前に裏切りを試みたS自身こそオンディーヌで、Xのはやはりハンスの、愚かな裏切りなのかもしれない。XとSとはこのやうに目まぐるしく立場を入れ替はりながら、劇中のオンディーヌとハンスに重なり合って行った。この三年間に書かれた詩篇を、のちに『オンディーヌ』と名づけた一冊にまとめたのは、いはばオンディーヌにはXとSと、二人のモデルがゐたからである。

Sが摑んだ一本の藁。しかしこの藁がSをあの救ひやうもない泥沼からともかくも引き離し、その後三年ほど、比較的穏やかな時期を過ごさせてくれたのであれば、やはりYとでも名付けて記録するべきであらう。ただし、Xの亡霊は『夏の墓』や、〈「夏の墓」の墓〉であった『オンディーヌ』の頁からしばしば抜け出してきては、Yをも巻き込んであの面白いゲームの続きをやりたがった。Yはまた、本質的には気の良い〝遊び人〟に過ぎないくせに不必要に偽悪的なところがあって、進んでXの誘ひに乗っては、もうほとんど無感覚なほど疲れきって〝死のやうに生きてゐる〟つもりのSをますます疲れさせるのだった。SはYに、〝逃げ込んだ〟といふ負ひ目もあって感謝と優しい感情をもつことはできたが、世俗的な小悪魔の、虚栄や嘘やはったりが間もなくSを焦立たしい倦怠感に誘った。

ドイツの諺に、「ウィスキーのあとでビールを飲むな」といふのがあるさうだ。強いお酒だけならいいが、そのあとで弱いのを飲むと悪酔ひする。大恋愛のあとでつまらない浮気などするな、といふ人生論にも通じるらしい。Yには済まない話だけれど、まさにYはSにとってのビールであった。Sは四度目の別れを用意した。偶然か、あるいは〝敵〟の双眼鏡がいつもこちら側を見張ってゐたのか。Xは丁度時を同じうして、例の〝三人目の犠牲者〟を捨てた。Sにいちばん恐ろしい成り行きは、自分が嬉々としてあの地獄へ舞ひ戻ってしまふのではないか、といふことだった。そして実際、その惧れは半ば実現しかけてゐたのだ！

まさしくその瞬間、Sの眼前を一つの閃光が走り、落雷があった。地獄の代はりに、天国が展けた。ウィスキーの代はりに、もっと芳醇な、もっと強烈なアブサンが盃に満たされた――Zとの出会ひである。

あれは運命から与へられた最後の、最大の好意であったのだらう。奇蹟が次々と起った。Sはそれまでの人生であまりに傷つき、〝穢れて〟ゐると自認してゐたのに、ほとんど〈無垢〉と呼ばれるべきZは自らのたった一つの傷をSの過去の数多い傷と重ね、同じレコードを聴きながらZとSとは別々に、しかし一緒に泣いたのである（昼顔「ある夜」）。そしてZは、〝世間一般の基準〟にもとるにもかかはらず、Sを許し、大きなやさしさで受け容れた。

Sがその時点で直感した通り、その人間関係は現在に至るまで持続してゐる。だから、Sはますます、このあとの〝激白〟を避けねばならない。この集に関しては、四冊目の『昼顔』の成立過程を語ることだけが残されてゐる。足早に、そこを過ぎよう。

出会ひの年の暮れ近くには、街を〝三島由紀夫事件〟の号外が流れて行った。しかしSは、密室の中でただZだけを眺めてゐればよかったのである。七年前、いやもっと、十数年昔の学生時代の青臭い議論のころから言ひつづけて来たやうに、〈わたしが／バラの花の話をしてゐるのは／わたしにパンがあるからではない／わたしに／バラの花があるから〉なのだった（夏の墓「パンの話」）。

ZとSにとっての〝事件〟は、その二年後に起こった。ZはXと異って、肉体を軽蔑してゐないから、肉体はいかなる裏切りをも犯すことがなかった。しかしSとの出会ひが、

Zの置かれた〝環境〟そのものにとって精神的な裏切りになってしまったことは、誰にとっても不幸であった。他にもある必然的な理由があってのことだったが、一人の人間がひっそりとこの世から消えた。

自分はその事件に責任がある、とZは言った。自分たちが、とは決して言はなかった。さうしてSにとってはかなり長い期間、〈服役〉した。Sを生まれてこのかた〈最も蒼ざめ〉させながら（昼顔「共犯」）。

その少し前、Sは舞踊の舞台と関はり、長い間――たしか高校生ぐらゐのころから――心にひっかかってゐた、ジョゼフ・ケッセルの「昼顔」のテーマを、初めての舞踊台本にまとめてゐる。心と肉体の関係、肉体の裏切りと精神の懺悔、といふこの小説の主題は、見方の角度によっては、あの〝純粋病〟をめぐるいくつかの考察、そしてオンディーヌとハンスの〝裏切り〟の構図に似通ってくる。ピエールの傍らで黙ったまま懺悔の日々を過ごす昼顔は、今回はZの置かれた状況を先取りしてゐた。そしてまた、むろん、Zと同様に〈服役〉したがってゐるS自身、それ以前に最も強烈な懺悔を終へ、断罪を待ってゐたS自身ももう一人の「昼顔」に他ならない。『オンディーヌ』にXとSとを重ねたやうに、Sは『昼顔』にZとSとを重ね合はせ、双方は再び、あるネガとポジを含む〝ペアー〟として意識されはじめる。さうして、八年ぶりに訪れたこの空白の時間が、Sにこの二冊をまとめさせるきっかけとなった。初めの一冊は、すでに終ったX時代最後の三年分の記録として。次の五年分のうち第I章はY時代の記録（といっても、その期間中に書かれたものといふより回顧録の要素が大きい――だからSは体験をある程度突き放すことができたのだ）、第II章はZとの出会ひからその時点までの記録として。

『昼顔』のあとがきに付さなかったある〝自己解説〟を、Sは次のやうに結んでゐる。

〈それから――しづかな秋と返り咲きの春ときびしい冬と、私にとってすべてを含みつつ訪れた〈さいごの夏〉が、今準備中の第四詩集『昼顔』になる筈である。

闘ひの時期、闘ふために饒舌であった私は、再びどもり、口ごもる自分を感じる。以前の夏と共通する悲劇的要素、階級や人種の差別以上に厚い〝神からの差別待遇〟の壁のなかで、尚かつ成立し得るかもしれぬ〝肯定のやうに輝く肯定〟を、私は今、かつてない静寂の中でさぐってゐるやうに思ふ。〉(エッセイ「詩と愛」より)

＊引用文は旧仮名遣ひに統一しました。

原版『吉原幸子全詩Ⅰ』一九八一年五月一日、思潮社刊

収録詩篇中には、現在使用するのに不適切な語句が用いられている箇所があるが、時代的背景と作品の価値をかんがみ、また著者が故人であること、差別的な意図をもって使用していないと考えられるためとの理由から、刊行時のまま収録した。

吉原幸子全詩《よしはらさちこぜんし》I

著者
吉原幸子《よしはらさちこ》
発行者
小田啓之
発行所
株式会社思潮社
〒一六二—〇八四二　東京都新宿区市谷砂土原町三—十五
電話〇三（五八〇五）七五〇一（営業）
〇三（三二六七）八一四一（編集）
印刷・製本
創栄図書印刷株式会社
発行日
二〇一二年十一月二十八日　新装第一刷　二〇二三年七月二十八日　第二刷